문화예술 교육과
지역문화 정책

.

문화예술 교육과 지역문화 정책

해조음

공연 예술의
새로운 정진을 위하여

　최근 들어 문화예술교육이 새롭게 부각되고 있다. 특히 중앙보다는 지역에서 더욱 그렇다. 아마 문화예술교육사업이 문화예술교육진흥원으로부터 지역의 문화예술교육지원센터로 업무가 이관된 것과 관련이 깊은 것 같다. 각 지역별로 문화예술교육에 대한 세미나 토론, 그리고 교육이 자주 벌어지고 있다. 이는 새롭게 업무를 이관받은 각 지역별 문화예술교육지원센터들이 해당 업무에 대한 소양을 기르고자 한 뜻도 있지만, 해당 지역의 관계자들에게 새롭게 부각된 문화예술교육에 대한 이해를 확산시키고자 하는 의도도 작용하는 듯하다. 즉 기존의 예술교육과 문화예술교육의 차이, 그 영역 및 범주에 대한 이해가 필요하기 때문이다.

　2008년『문화예술교육이 문화복지로서 삶의 질에 미치는 영향 연구』로 박사 학위를 받은 후, 문화예술교육에 대한 관심을 잠시 잊었다. 학교 현장을 벗어난 것이 가장 큰 이유이다. 그러다가 최근 대구문화재단 내 문화예술교육지원센터가 설치되고, 이것과 관련한 세미나, 토론, 심사 및 평가에 자주 참석하면서 다시 문화예술교육, 특히 지역에서 필요한 문화예술교육에 관심을 갖기 시작했다. 그 계기는 지난 해, 대구문화재단에서 개최한 문화예술교육 심포지엄에서 「지역기반 문화예술교육 활성화 기본방향」을 발표한 것으로부터 시작되었다.

문화예술교육지원법 제1조에 적시했듯 문화예술교육은 "국민의 문화적 삶의 질 향상과 국가의 문화 역량 강화에 이바지함"을 목적으로 하고 있다. 즉 문화예술 활성화 혹은 예술 혹은 예술가 육성에 있지 않다는 것을 의미한다. 그럼에도 불구하고 많은 사람들이 아직까지 문화예술교육을 기존의 예술교육이 지향하는 예술인 양성 혹은 문화예술 활성화의 수단으로 생각하고 있다. 특히 지역의 경우, 그 정도가 심하다. 가끔 문화예술교육 지원사업의 심사를 하다보면, 예술 분야 전공학생들을 위한 사업을 제출하는 것을 종종 본다. 또는 단순 공연이나 전시사업을 제시하는 경우도 많다. 즉 문화예술진흥법에 의한 문예진흥기금사업에 신청해야 할 사업을 문화예술교육사업에 신청한 것이다. 그런 차원에서 이번 책을 출판하면서 우선적으로 문화예술교육과 관련한 논문들을 한데 모았다. 그것이 1부 〈문화예술교육〉이다.

2부는 〈지역문화정책〉이다. 지역문화에 대한 나름대로의 논문식 접근을 모았다. 그리고 그 지역은 꼭 대구만이 아닌, 타 지역에 대한 글도 포함하고 있다. 분석대상을 지역을 선택하는 점에서 1부 〈문화예술교육〉 부분과 다소 겹치기도 한다. 그건 어느 분야가 됐든 필자의 지향점이 지역이라는 데에서 기인한 것이다. 다소 원론적이거나 칼럼 형식의 글은 배제하고 논문식 글만을 묶은 것은 보다 과학적인 측면에서 지역 문화정책을 들여다보고, 또 그에 대한 대안을 제시하고 싶었기 때문이다.

지역에서 예술 작업을 하다보면, 특히 공연예술을 하다보면 지역의 문화정책에 관심을 가질 수밖에 없다. 예술이 당대 사회의 반영이라는 원론적 문제가 아니라, 지역의 문화정책이 바로 예술현장에 영향을 미치기 때문이다. 특히 여러 분야의 장르와 사람이 모여 작품을 완성하는 공연예술 분야는 그 영향력이 직접적이다. 문화정책의 도구인 지원과 규제가 직접적으로 작동하기 때문이다. 그러나 전반적으로 나의 글은 문화정책의 주체자인 지자체나 문화정책 담당자에 대한 제안보다는 문화정책의 대상자인 문화예술인 자체의 자발성에 주안점을 두었다.

축제 혹은 예술제, 혹은 지역 창작극 등의 문제를 풀어가야 하는 주체는 궁극적으로 그 행사의 중심이 되는 문화예술인이기 때문이다.

공연예술 현장을 주로 지킨 사람으로서, 이 책의 논문들이 논문으로서 적합성을 지니지 못한 점도 일부 있다는 것을 인정한다. 그러나 오히려 현장의 경험이 절실하게 담겨져 있는 내용도 있으리라는 생각으로 용기를 내어 책으로 묶었다. 비록 내용과 형식에서 미흡한 점이 많지만, 어떻게 하든 지금 이 단계에서 한번 마무리하고 싶었기 때문이다. 그것은 앞으로도 계속 공연예술의 현장 경험과 이론을 추구할 사람으로서, 현 단계를 뛰어넘는 그 어떤 새로운 정진을 하고 싶었기 때문이다. 그저 관심과 이해를 바랄 뿐이다.

2011. 6.

지산골에서 최현묵

●● 차례 ●●

2
지역문화정책

1

문화예술교육

- 예술교육과 문화예술교육의 경계와 영역
- 평생교육으로서의 문화예술교육의 의미
- 지역기반 문화예술교육 활성화 기본방향
- 참여정부 문화예술교육정책의성과와 과제
- 공연예술교육의 현황과 개선방향 연구
- 희곡 창작에 있어 '극적(dramatic)'이라는
  개념의 이해

예술교육과 문화예술교육의 경계와 영역

1. 예술교육의 새로운 의미

예술교육은 크게 두 가지로 나누어질 수 있다. 예술을 위한 교육과 교육을 위한 예술이다. 전자의 경우, 예술가를 양성하기 위한 제반 교육과정과 수단을 의미하는 것이고, 후자의 경우, 인간의 조화로운 발달에 목적을 두고 그 실현방법을 예술에서 찾는 것이다.[1] 일반적으로 예술교육은 전자를 의미하는 경우가 많다. 그렇지만 최근에는 자아표현활동으로서의 예술, 창의성을 계발하기 위한 예술, 인간교육을 위한 예술 등 예술을 매개로 하는 교육활동으로서 예술교육을 의

---

1) 고경화, 『예술교육의 역사와 이론』 (서울 : 학지사, 2005), pp. 17-18.
   유혜경은 "오랜 동안 예술을 통한 교육(education through art)이냐 또는 예술을 위한 교육(education for art, education of art)이냐 하는 두 가지 논쟁이 공존해 왔으나, 이는 예술을 위한 교육의 목적이 미의 추구에 있고, 그것이 절대가치가 있다 하더라도, 조화로운 인격이나 개성의 신장을 떠나서는 생각할 수 없다"는 점을 들어 양자는 중복되며, 구분할 필요가 없다고 말하기도 한다. (『예술교육』 (서울 : 화연사, 2006), p. 35.)

미할 때가 많다. 다음과 같은 진술은 바로 그러한 의미의 연장선상에 있다.

> 그렇다면 교육연극이란 무엇인가? 교육연극은, 간략하게 정의하자면, 연극을 위한 교육, 곧 연극교육이 아니라 교육을 위한 연극, 연극을 교육의 매체, 도구 혹은 방법론으로 삼는 일반적 의미에서의 교육이다. 교육연극은 연극을 순수예술의 영역에서 실용예술의 영역으로 응용화한 것인 바, 연극을 교사와 학생들의 문화 전략, 교수-학습 전략으로 실용한 것이다.[2]

> 교육연극에서 주된 지향점은 '교육'이고, 연극은 그 목적 달성을 위한 수단·방법으로서 작용하게 된다. 다시 말해서, 교육연극은 전인교육이라는 궁극적인 목적 달성을 위하여, 보다 효과적인 매개체로써 연극을 교육 현장에 활용하는 것이라고 할 수 있다.[3]

그러나 이와 같은 견해는 예술교육의 목적 혹은 역할에 한정되어 있다. 즉 예술교육을 통하여 예능을 획득하는 것만이 아닌, 전인교육의 효과를 강조하는 것이다. 따라서 이러한 의견은 진정한 의미에서

---

2) 민병욱, "교육연극의 현황과 전망", 『교육연극의 현장』 (서울 : 연극과 인간, 2004), p. 8.
3) 정성희, 『교육연극의 이해』 (서울 : 연극과 인간, 2006), p. 33.

예술교육의 새로운 의미를 뜻하는 것은 아니다.[4] 예술교육의 새로운 의미는 오히려 그 학습대상의 확장 혹은 영역의 확대에서 획득된다.

최근 문화정책의 도구로써 '문화예술교육'의 중요성이 증대되고 있다. 이에 따라 '문화예술교육지원법'이 제정되고 문화예술교육진흥원이 설립되었다. 이로서 우리나라는 문화예술교육 진흥을 위한 법적·제도적 기반을 마련한 셈인데, 여기서 정책적 용어로 사용되고 있는 '문화예술교육'에서 새로운 예술교육의 의미와 영역이 발견된다.

> 이렇게 볼 때, 문화예술교육의 범위에는 순수예술을 중심으로 하는 전통적 예술교육 영역과 함께, 다양하고 새로운 형식으로 표현되는 문화적 양식들이 포함되며, 이러한 표현 양식들을 이해하고 습득하며 들러낼 수 있는 제반 영역들을 포함한다고 할 수 있다.[5]

> '문화예술교육'이라는 용어는 사실상 정책적으로 형성된 것이라고 볼 수 있다. 학문적으로는 이보다 예술교육이라는 용어가 더욱 널리 사용되어 왔다. 하지만 한국적 상황에서

---

4) 이동연은 21세기 예술이 패러다임이 바뀌어 예술의 융합적 성격을 가지게 됨에 따라 예술교육의 패러다임도 융합적이고 학제간 연합 형식으로 바뀌어야 한다고 주장(이동연, 2007)한다. 그러나 이것 역시 예술교육의 목적을 예술가의 육성이라는 범주를 벗어나지 않는다.
5) 김세훈, 『문화예술교육 중장기 발전 방안』(서울: 한국문화관광정책연구원, 2004), p. 60.

예술교육은 전통적으로 음악, 미술 등 각 장르별 실기교육을 지칭하는 것으로 협소하게 이해된 측면이 강했다. 아울러 2000년을 전후하여 국내에서 논의되기 시작한 문화교육의 측면은 서구적 개념의 예술교육으로 담아내는 데 한계가 있었다. 이에 따라 문화예술교육정책은 전통적인 예술교육 개념과 함께 새롭게 제기되어 오던 문화교육 개념을 통합한 개념으로 자리매김하게 되었다.[6]

정책적 접근의 측면에서 '문화예술교육'은 교육 내용과 교육 과정에 문화예술을 활용하는 모든 형태의 교육으로서, 그 범위는 교육 목적에 따라 <u>일반 시민의 창의성과 문화적 해득력</u>을 개발하기 위한 문화예술교육과... (이하 생략. 밑줄 저자)[7]

여기서 말하는 문화예술교육이란 다름 아닌 "개개인의 문화적 삶의 질 향상과 사회의 문화 역량 강화"라는 문화예술교육의 정책 비전과 관계가 깊다. 즉 학교 중심의 예술교육 뿐만 아니라 사회 전체를 대상으로 하는 문화예술교육 활성화를 통하여 국민의 문화적 삶의 질 향상과 국가의 문화 역량 향상에 기여하기 위한 것이다.

이런 의미에서 이제 예술교육은 기존 협의의 의미, 예술을 위한 교육만이 아닌, 21세기 문화의 세기에 요구되는 국민들의 창의적인 문

---

6) 문화관광부 · 문화예술교육진흥원, 『2007문화예술교육정책백서』. pp. 24-25.
7) 문화예술교육진흥원. 『장애인 문화예술교육 종합계획 수립을 위한 기초연구』, 2005. p. 56.

화 역량을 함양하기 위한, 또는 문화복지 달성을 위한 도구로써 예술교육의 역할을 요구받고 있는 셈이다. 또한 18세기 교육학자인 프뢰벨이 아동 발달에 맞는 예술교육, 즉 창조적 활동이 유일한 형식임을 지적한 것을 포함하여 학교 밖의 성인에게도 필요한 교육과정임을 의미한다.

결국 예술교육에서 예술을 다루는 것은 예술가를 만들려는 것이 아니다. 예술가 이전에 아름다움을 통한 인간발달을 요구한다.[8] 여기서 인간발달은 지·덕·체의 조화로운 인간상을 의미하기도 하지만, 광의의 문화개념을 적용한 삶의 질 향상이라는 욕구와 밀접한 관계를 맺고 있다. 이는 물질적·경제적 욕구를 충족시키기 위한 사회복지 개념과 차별화된 정신적·문화적 욕구를 충족시키기 위한 문화복지 개념과 맞닿아 있고, 이때 예술교육은 그러한 문화복지를 충족시키기 위한 수단과 도구로 작용한다. 이런 의미에서 2005년 문화관광부가 발간한 『사회적 취약계층 문화활동 지원을 위한 법/제도 개선 방안』에서 제시한 사회적 취약계층에 대한 지원 정책의 다음 목표는 새로운 의미의 예술교육(문화예술교육) 역할을 함축적으로 나타내고 있다.

---

8) 고경화, 앞의 책, p. 39.

셋째, 사회적 취약계층 스스로의 주체역량을 강화하는 것이다. 소외는 소외를 발생시키는 외부적 환경과 더불어, 이를 내면적으로 받아들이는 내면화 기제에 의해 더욱 강화된다. 따라서 문화적 소외의 극복은 외부적 환경의 개선과 함께 '내면화된 소외', '소외의 일상화'로부터 적극적이고도 주체적으로 벗어나고자 하는 노력이 동시에 이루어져야 한다. 그러므로 사회적 취약계층을 향한 지원정책은 소외계층의 이러한 노력을 진작시키고 지원하는 방향으로 이루어져야 한다. [9]

즉, 이주노동자의 자녀들이 자국의 문화와 역사를 배우고, 그들만의 춤과 음악을 배우는 것은 단순한 예술교육이 아닌 자신의 정체성을 알고 적응해가는 인간발달의 한 과정인 것이다. 결코 예술가의 길을 가는 것이 아니다. 이와 같은 경우는 노인과 장애인과 같은 사회적 취약계층 모두에게 해당되는 것이며, 나아가 '문화 역량 강화'라는 차원에서는 모두 국민에 해당되는 것이기도 하다. 이런 의미에서 이제 예술교육은 새로운 의미와 영역을 가지며, 그 영역의 스펙트럼은 다양하다.

---

9) 문화관광부, 『사회적 취약계층 문화활동 지원을 위한 법/제도 개선 방안』, p. 17.

2. 예술교육의 새로운 영역 – 문화예술교육[10)]

이미 앞에서 밝힌 바와 같이 이제 문화는 과거 '예술이나 문화유산 등 특수 영역'이라는 협의의 개념이 아닌 '정신적·물질적·지적·감성적 특성의 총체'라는 광의의 개념을 전제로 하고 있다. 그러므로 예술교육은 예술가를 육성하는 교육만이 아닌 '함께 사는 방법으로서 생활양식·인간의 기본권·가치·전통과 신앙 등을 포괄'하는 문화예술교육으로 전환하고 있다. 그러한 인식은 2005년에 제정된 문화예술교육 지원법 제1조에 잘 나타나 있다.

> 이 법은 문화예술교육의 지원에 필요한 사항을 정함으로써
> 문화예술교육을 활성화하고, 나아가 국민의 문화적 삶의 질
> 향상과 국가의 문화 역량 강화에 이바지함을 목적으로 한다.

이와 같이 예술교육이라는 기존의 용어 대신 '문화'라는 용어가 합성된 '문화예술교육'이라는 용어를 사용하는 데에 있어서는 '국민의 문화적 삶의 질 향상'과 '국가의 문화 역량 강화'라는 두 개의 목적을 염두에 두고 있기 때문이다. 즉 학교교육이나 전문교육의 장에서 예술교육이 예술가를 양성하기 위한 예술을 위한 교육이라면, 학

---

10) 문화예술교육의 영역에 관한 연구로는 2004년에 한국문화관광정책연구원에서 발간한 『문화예술교육 중장기 발전 방안』이 있다. 이 연구서에서는 기존의 예술교육에 평생교육(사회교육)의 관점을 첨가하여 학교교육 외에 민간 중심의 사회교육으로서 문화예술교육의 영역을 주목하고, 또 이에 따른 예술교육을 제안하고 있다.

교 혹은 전문교육의 장외에서 실시되는 예술교육은 예술가 양성이
아닌, '문화적 삶의 질 향상' 혹은 '문화 역량 강화'를 위한 교육을
위한 도구로써 예술인 셈이다. 즉 문화예술교육이라는 정책용어는
예술교육이라는 학술용어가 담아낼 수 없는 학교 외 교육(out of
school)과 교육 매개체로서 예술을 포함하고 있는데, 이 지점이 바로
새로운 예술교육, 즉 문화예술교육의 영역이며, 새롭게 전개되고 있
는 지점이다.

이를 위해서는 기존의 사회교육을 살펴보아야 한다. 사회교육이란
학교교육 이외의 모든 비형식교육(nonformal education)과 무형식
교육(informal education)을 포함하는 개념으로서, 우리나라 사회
교육법과 사회교육법시행령에서는 "학교교육을 제외하고 국민의 평
생교육을 위한 모든 형태의 조직적인 교육활동"을 의미한다고 되어
있다. 이는 사회교육이 첫째, 학교의 정규과정이 아니며, 둘째, 평생
교육의 차원에서 벌어지는 교육이며, 셋째, 조직적인 교육활동이어
야 함을 의미한다. 사회교육의 특징으로는 학자마다 약간의 차이가
있는데[11], 대체로 자발성, 현실성, 다양성, 공공성, 계속성, 보완성의
특징을 가지고 있다는 데에 동의한다.(배기오, 2007)

---

11) 최운실(1995)은 탈정형성, 자발성, 상호학습성, 현실성과 실제 지향성, 다양성과 이질성,
  과정중심성, 참여공존성, 경험중심성, 즐거운 학습 등 아홉 가지로 설명하였다. 한상길
  (1996)은 자발성, 다양성, 실제지향성, 자기주도적 학습, 학습자 중심의 상호수평적 학습,
  융통성 등 여섯 가지를 들고 있다. 김도수(1999)는 자발성, 현실성, 다양성, 공공성, 계속
  성 등을 들고 있다.

사회교육과 유사한 개념으로는 평생교육(lifelong education)을 들 수 있는데, 이는 1965년 유네스코의 제안 이후, 출생에서 사망할 때까지의 전생애에 걸친 교육으로서 학교와 학교 외 교육을 통합한 개념이라고 볼 수 있다. 이에 반하여 성인교육(adult education)은 일정 기간의 학교교육을 완료하였거나 중단된 사람들에 대한 조직적인 교육활동을 일컫는다. 이외에 영국 등에서 행해지는 졸업자 대상 직업교육과 같은 추가교육(further education), 학교 시설을 활용한 외부인을 대상으로 하는 비형식교육(nonformal education) 등이 있다.(배기오. 2007)

　이상에서 보듯이 문화예술교육 개념과 사회교육의 개념을 연결하면 기존의 예술교육이 담아내지 못한 영역이 발견된다. 즉 학교 외에서 행해지는 문화적 삶의 질을 향상하고자, 혹은 문화 역량을 강화하고자하는 일체의 예술교육 형태가 바로 그것이다.

　이러한 문화예술교육의 형태는 일단 민간 중심의 영리를 목적으로 하는 교육이 있고, 공공기관 중심의 비영리 문화예술교육이 있다. 예술교육의 특성상 학교 외 교육이라고 할지라도 민간 중심의 교육은 예술가를 양성하기 위한 레슨 형식의 교육이 중심이므로 논의에서 제외하고, 이 논문에서는 비영리를 목적으로 하는 공공기관 및 단체 중심의 문화예술교육만을 대상으로 삼았으며, 그 분류는 『2007 문화예술교육정책백서』를 기준으로 삼되 필자의 의견을 부분적으로 개진했다. 그 이유는 문화예술교육의 영역이 '학교 외 교육 – 사회교육', '문화적 삶의 질 향상', '국가 문화 역량 강화'의 지점에서 발견된다는 것과 그러한 교육은 바로 정책적으로 문화예술교육 현장에서 이루어진다는 점을 감안한 결과이다.

그러나 자칫 잘못하면 문화예술교육이 정책적 지원에 의하여 실행된다는 편견을 가질 수 있는 여지를 예방하기 위하여 문화기반시설에서는 공익 차원에서 전개되는 민간문화시설과 기타 항목을, 대상별에서는 이주노동자와 일반인들에게 있을 수 있는 취미/동호인 항목과 기타 항목을 추가하였다.

〈표 1〉 문화예술교육의 영역 분류[12]

문화기반 시설별	교육대상별
공공문화기관 문화회관 문화의 집 박물관 미술관 **민간문화시설** **기타**	아동 노인 장애인 교정시설 수용자 소년원학교 군인 여성결혼이민자 **이주노동자** **취미/동호인** **기타**

---

12) 이 분류는 『2007문화예술교육정책백서』에서 밝힌 문화예술교육 지원 네 영역 중 학교 문화예술교육과 문화예술 전문인 양성을 제외한 문화기반시설 사회문화예술교육 지원과 대상별 사회문화예술교육 지원을 기초로 하였으며 굵은 글씨는 필자가 첨부한 것이다.

〈표1〉에서 보듯 오늘날 문화예술교육은 학교 뿐만 아니라 다양한 장소에서 이뤄지며, 또한 그 대상도 예술가 지망생이 아닌 일반인 혹은 다양한 취약계층에게 이뤄지고 있다. 이 중 대다수 일반인 혹은 동호인은 민간문화시설을 이용하겠지만 경제적 능력이나 생활환경이 뒷받침되지 못하는 계층은 공공시설이나 단체가 제공하는 문화예술교육을 받고 있다고 판단된다.

흔히 이러한 대상 중 여성결혼이민자나 이주노동자들이 받는 교육이 예술교육이 아닌 문화교육이라고 엄격하게 구분하여 볼 수도 있다. 그러나 예술교육이냐 문화교육[13]이냐 하는 문제는 교육 내용에 대한 검토가 전제되어야 한다. 또한 이들이 받는 교육이 '문화적 삶의 질'을 향상시키기 위함인지 '문화적 해득력'을 얻기 위함인지 엄격하게 구분하기란 쉽지 않다. 그러나 이들이 받는 교육의 내용이 정치, 사회, 경제적인 내용이 아닌 자국의 문화와 예술 혹은 현지 국가의 문화와 예술이라면 광의의 개념으로 문화예술교육, 즉 새롭게 확장된 예술교육을 받고 있는 것이라고 확대하여 해석할 수 있다.

---

13) 문화교육을 '문화적 해득력(cultural literacy)' 입장이 아닌 다른 견해로, 고경화(2007)는 19세기 후반 독일을 중심으로 전개되어온 문화이해교육과 독일과 프랑스를 중심으로 전개되어온 문화비판교육 등 두 가지 분류하여 이해하고 있으며, 문화교육은 예술교육의 영역을 포괄하고 넘어선 개념으로 접근하고 있다. 그리하여 문화교육은 문화전반에 대한 폭넓은 이해와 역사적 발전 과정을 가진 것으로 파악한다. (고경화, "우리나라 문화예술교육의 활성화를 위한 방안 연구", 『인문사회과학』(제29집, 신흥대학, 2006), pp. 262-266.)

이 논문에서는 정책적인 용어인 문화예술교육이 학술적 용어인 예술교육 사이의 충돌이 아닌, 예술교육의 영역을 확대하여 문화예술교육을 포괄하면서, 그것의 의미와 기능을 모색하고 한다. 나아가 오랜 동안 교육의 한 분류로서 축적된 예술교육의 성과를 문화예술교육 현장에 접목시킴으로써 보다 효과적인 문화예술교육 방안을 찾기 위함이다.

즉 기존의 사회교육의 영역에 있었던 평생교육이나 성인교육에서의 예술교육, 그리고 사회적 취약계층이나 문화교육의 영역에서 이뤄졌던 모든 학교 외 교육 영역이 이제는 새롭게 확장된 예술교육의 영역으로 간주되어야 한다.

3. 현단계 문화예술교육정책 및 현황

일반적으로 정책의 수단은 지원과 규제이다. 지원은 직접지원과 간접지원으로 나뉘어져 있다. 문화정책에서 간접지원의 대표적인 경우가 문화예술교육 혹은 훈련이다. 그러나 교육은 교육부 소관이다. 일반적으로 학교에서 문화예술교육은 교육부, 사회에서 문화예술교육은 여러 부처로 나뉘어져 있다.[14] 이런 상황에서는 효과적인 문화

---

14) 근로자복지회관에서 실시되는 각종 교양 프로그램은 노동부, 주민자치센터에서 실시되는 교양프로그램은 해당 자치단체에서 실시된다. 이외 여성부 역시 많은 문화예술교육 프로그램을 실시하고 있다.

예술교육이 실행될 수 없다. 문화권이 인간의 기본권과 국민의 행복권과 동등한 기본권이라면, 당연히 국가 차원에서 문화의 창조와 향유에 대한 정책적인 접근이 필요하다. 특히 창조의 기반이자 향유의 조건이 되는 문화예술교육은 체계적이고 지속적인 정책적 노력이 요구된다.

이에 참여정부는 "문화예술교육의 진흥과 국민의 문화에의 접근 및 문화향유권 보장에 필요한 사항을 법률로 정하여 문화예술교육을 활성화하고 나아가 국민의 문화적 삶의 질 향상과 국가의 문화역량 향상에 기여하기 위하여"문화예술교육지원법(2005. 12. 29)을 제정하였다. 이 법률에 의하면, 문화예술교육을 위한 민관 협력망 및 지원체계 구축과 지원 근거를 마련하였고, 학교 내에서 문화예술교육의 활성화를 위한 학부모의 권리와 책임을 규정하였다. 또한 국공립문화시설이나 단체의 사회문화예술교육 지원을 위한 규정과 나아가 기타 문화예술교육 전문 인력의 양성 등에 관련한 내용이 포함되었다. [15]

문화예술교육은 문화의 민주화 혹은 문화민주주의의 핵심일 뿐만 아니라, 문화예술진흥 혹은 문화예술 소비시장을 확대시키는 마케팅의 도구이기도 하다. 나아가 창의적 감성을 기르는 훈련의 과정이기도 하다. 21세기 문화의 세기에서 중요한 발전 동력이 되는 개인의

---

15) 문화관광부, 『2005문화정책백서』, 2005, p. 37.

창의성은 정치·경제적인 기회 균등의 원칙 못지않게, 그 교육의 기획 균등 역시 중요하다. 그렇기 때문에 문화예술교육은 이제 사회복지정책에서 제공하는 최저생활보장이나 안전망 서비스와 동등한 수준의 최저문화생활보장과 문화향유권을 보장하는 문화정책의 도구로 작용하여야 한다. 뿐만 아니라 일반 국민의 문화적 욕구를 촉진시킴으로써 창의적 자질을 함양하고, 문화적 다양성에 대한 이해를 바탕으로 건전한 문화의식을 확립하기 위한 적극적인 문화복지 차원에서 문화예술교육이 필요한 상황이다. 그러기 위해서는 구체적이고 이론적이고 실증적인 연구가 선행되어야 하고, 또한 그러한 연구를 기반으로 하는 실질적인 정책 대안이 도출되어야 한다.

문화예술교육정책에 대한 제도적 접근이 처음 이루어진 것은 2002년 무렵이었다. 당시 한국예술경영학회에서 심포지엄 및 일련의 연구 활동을 통하여 예술교육진흥법안을 마련하였으나 정치적 상황으로 결실을 맺지 못하고 중단되었다. 2003년 새로운 정부가 출범하면서 문화행정혁신위원회를 중심으로 기존의 문화정책을 반성하고 개선하기 위한 정책 이슈를 논의하였던 바, 그 중에 하나가 문화예술교육정책이었다. (문화예술교육진흥원. 2007)

그 이후 문화관광부는 교육인적자원부와 협의를 거쳐 「지역사회 문화기반시설과 학교 간 연계체제 구축을 통한 문화예술교육 활성화 추진계획」정책 기본방향을 수립하고, 그러한 정책방향을 기본으로 하여 다양한 형태의 문화정책 및 교육정책이 수립되었다. 또한 이 시기에 양 부처의 역할 부담도 이루어졌다.

교육인적자원부는
1) 학교 교육에서 다양한 방향으로 문화예술교육 비중 확대,
2) 각급 학교에 대해 문화예술교육에 필요한 기자재 및 시설 증 지원,
그리고 문화관광부는
1) 학교와 문화시설 및 현장 문화예술인 · 단체 간 연계 프로그램 지원,
2) 전문 인력 양성 및 현직 예술교사들의 재교육 지원 등으로 역할 분담을 정하였다. (문화예술교육진흥원. 2007)
결과적으로 하드웨어 및 이와 관련한 제도는 교육인적자원부가, 소프트웨어와 이와 관련한 제도는 문화관광부가 맡게 된 것이다.

2004년에는 문화관광부 문화정책국 내 문화예술교육 TF팀을 문화예술교육팀으로, 그리고 다시 문화예술교육과로 정식으로 직제 개편을 단행하였고, 이어서 「문화예술교육 활성화 종합계획」 발표하였다. 그리고 2005년에는 문화예술교육진흥원 설립, 문화예술교육 지원법이 제정됨으로써 문화예술교육정책에 대한 법적 · 제도적 틀을 완성하게 된다.

이 시기에 한국문화관광정책연구원은 『문화예술교육 중장기 발전 방안』과 『문화예술교육 활성화를 위한 정책기반 조성방안 연구』 등의 연구보고서를 발표한다.

현재 문화예술교육 예산 규모는 약 370억원이며, 그 구체적인 내용은 다음과 같다.

〈표 2〉 문화예술교육 예산 현황   (단위 : 천원)

	2004	2005	2006	비고
국고	8,746,000	15,756,000	13,690,033	
복권기금	10,019,000	7,578,942	10,189,000	
체육진흥투표권 적립금	0	0	3,400,000	
지방비	3,760,000	8,110,000	6,182,545	
교육비 특별교부금	0	960,000	960,000	
자부담 및 기타	50,000	1,545,000	2,587,645	
총계	22,575,000	33,949,942	37,009,223	

※ 출처 : 『2007문화예술교육 정책백서』

2004년에 비하여 2005년에 예산이 대폭 확대된 것은 그 이전에 문화예술교육팀이 과로 승격하면서 본격적으로 문화예술교육에 관련한 예산이 확보된 것을 의미한다. 이에 비하여 2006년은 그 예산 변화가 그리 크지 않다.

〈표 3〉 문화예술교육 2004~2006년 사업별 예산 현황 (단위 : 천원)

	2004	2005	2006	비고
학교문화예술교육	10,823,000	16,358,000	16,341,310	
사회문화예술교육	10,010,000	13,900,000	12,563,880	
문화예술 매개 전문인력 양성	0	200,000	4,400,000	
문화예술교육 기반 조성	697,000	2,663,000	1,850,033	
지역활성화 / 인프라 구축	823,942	2,054,000	1,045,000	

※ 출처 : 『2007문화예술교육 정책백서』

문화예술교육정책의 기본적인 축은 학교/사회문화예술교육이며 그 외에 문화예술 매개 전문인력 양성, 문화예술교육 기반 조성, 지역 활성화 인프라 구축이다. 그리고 그 대략의 내용은 다음과 같다.

① 학교문화예술교육 : 예술강사 지원사업, 학교 지역사회 연계 시범사업, 교원 전문성 강화, 박물관 · 미술관 연구학교, 방과후교실
② 사회문화예술교육 : 아동복지시설 · 문예회관 · 문화의 집 연계 교육사업 운영 지원, 노인 · 장애인 및 사회 취약계층 · 특수시설(군부대, 교정시설 등)별 교육 지원
③ 문화예술 매개 전문인력 양성 : 문화예술 기획 · 경영인력 양성,

교육 전문인력 연수 및 시설 배치, 문화예술교육 전문인력 아카
데미 운영, 문화행정 연수, 창의력 영재 교육

④ 문화예술교육 기반 조성 : 정보화(사이트 구축 · 운영, 온라인
아카데미) 연구사업 및 우수사례 모델 개발, 정책 홍보(행사 개
최, 도서출판물 발간, 언론홍보, 영상물 제작 · 방영), 국제교류

⑤ 지역 활성화/인프라 구축 : 한국문화예술교육진흥원 운영, 어린
이 복합문화공간 조성, 지역문화예술교육지원센터 시범 운영,
지역문화예술교육 모델 발굴 및 지역워크숍 지원 [16]

문화관광부는 2007년 6월에 「문화예술교육 활성화 중장기 전략
(2007~2011)을 발표하여 향후 문화예술교육정책의 중장기 비전과
목표를 발표하였다. 이에 따르면 향후 문화관광부는 국민 모두가 문
화의 창조자이자 소비의 주체자(prosumer)로서 그 문화적 역량을
강화하기 위하여 '개인의 문화적 삶의 질 향상과 사회적 문화역량
강화' 라는 비전 아래 4개 분야의 정책 영역을 설정하였다. [17]

또한 목표로서는

① 유 · 초 · 중등학교 문화예술교육 참여자 수 07년 30만 명에서
11년 70만 명 이상으로 확대 ② 학교 이외 문화예술교육 경험률 '06

---

16) 한국문화예술교육진흥원, 『2007문화예술교육 정책백서』, 2007, p. 247.
17) 4대 정책영역은 ① 참여기회 확대 및 내실화 ② 사회적 소수자 문화적 권리 신장 ③ 문
화예술교육 전문인력 양성 ④ 지식정보 확충 및 국제적 위상 확보이다.

년 7.7%에서 '11년 20% 이상으로 확대 ③ 기초예술 관람률 '06년 23.64%에서 '11년 40% 이상으로 확대를 삼았다. 이에 따른 재정 계획은 국고, 복권기금, 체육진흥투표권 공익사업 적립금 등 총 1,877억원을 투입할 예정이다.

이제 문화예술교육은 학교에서 예술교육(학교문화예술교육) 뿐만 아니라 학교 외 예술교육(사회문화예술교육)을 포괄하는 예술교육의 영역으로 확대되고 있다. 학술적 용어(예술교육), 혹은 정책적 용어(문화예술교육)라는 미처 정리되지 못한 채, 현상은 급속하게 확대되고 있다. 이는 문화적 창조 역량이 곧 국가 경쟁력이라는 인식의 결과이다.

이와 같은 의도는 「문화예술교육 활성화 중장기 전략」의 추진 배경에서도 분명하게 드러나고 있다.

■ 문화예술교육 정책 정착, 확산 전략 필요

• "개방, 참여, 공유"의 web 2.0환경에서 1인 미디어, ucc 등 개인의 창조적 활동 급증과 프로슈머(prosumer) 등장 등 모두가 문화의 생산자이자 소비자로서 자기의 문화적 환경을 스스로 구성하는 시대
• '누구나 찾고 즐기는 생화 속의 문화예술 실현'과 '일방적 수용자 → 적극적 창조자로서의 문화소비자 지원' 필요성 확대
• 나아가 지식정보화시대 신성장동력인 창조적 문화콘텐

츠 산업 발전과 서비스 산업 활성화를 통한 고용 창출로
이어질 수 있도록 문화예술교육정책의 정착, 확산 필요[18]

즉 마지막 구절에 나타난 바와 같이 문화예술교육은 궁극적으로
'지식정보화시대 신성장동력'을 위한 '고용 창출'이라는 실질적인
목적을 염두에 두고 있는 것이다. 이와 같이 이제 문화예술교육정책
은 예술교육 영역 밖에서 국가적 목표와 전략에 의하여 가속되고 있
고 있는 상황이다. 사회적 필요성과 상황에 의하여 문화예술교육정
책이 추진되는 것이 현단계의 상황이다.

이러한 상황에서 좀더 장기적이고 긍정적인 문화예술교육의 목표
와 지향점이 무엇인지 생각해야 한다. 비록 문화예술교육이 기존의
예술교육이 담을 수 없는 영역에 대한 정책적 선택이지만 지나치게
현실적 필요성, 즉 '신성장동력', '고용 창출' 등의 목표만을 의식할
수만은 없기 때문이다. '문화와 예술' 그리고 '교육'은 수치로나 물
량으로 측정할 수 없는 영역이므로 문화예술교육정책을 수행함에 있
어서는 단기적이고 물량적인 물적 목표는 진정한 '문화예술', 그리
고 '교육'의 오류를 범할 수 있다.

---

18) 문화관광부. 『문화예술교육 활성화 중장기 전략(2007~2011)』. p. 1.

평생교육으로서 문화예술교육의 의미
– 한국문화예술교육진흥원 사업을 중심으로 –

Ⅰ. 서론

　최근 '문화예술교육'이라는 용어가 자주 사용되고 있다. 주로 문화정책 현장을 중심으로 사용되고 있지만, 머지않아 학술 영역에서도 그 내용이 본격적으로 다뤄질 조짐이다.[1] 그러나 "예술교육과 문화예술교육을 명확하게 구분하지 않은 상태에서 예술교육, 문화교육, 문화예술교육이라는 용어가 혼재되어 사용되고"(김세훈, 2004:5) 있다는 점은 부인할 수 없다. 원래 '문화예술'이라는 용어가 정책적 편의에 의하여 조합된 단어라는 점을 감안하였을 때[2], 그에 따른 문화예술교육이라는 용어의 태생적 한계는 명확하다. 그럼

---

[1] 최근 각종 문화예술교육 관련 논문이 발표되는 것도 이러한 상황을 명확하게 이 점을 나타내지만, 기존 예술교육학회와 별개로 문화예술교육학회가 설립되었다는 점 역시 극단적으로 이를 증명한다.

에도 불구하고 과거와 달리 정책적 필요에 의한 용어의 탄생만으로 치부하기에는 그 의미와 무게가 남다르다. 즉 오늘날 한국에서 문화예술교육은 기존의 예술교육의 개념 뿐만 아닌 세계적인 흐름인 교육에서 예술(Arts in Education)[3]과 깊은 관계를 맺고 있으며, 또한 다극화되어가고 있는 한국사회에 문화교육으로서 기능을 동시에 수행하고 있기 때문이다.

2005년 설립된 한국문화예술교육진흥원은 2005년 제정된 문화예술교육지원법에 의거 재단법인에서 특수법인으로 전환한 이후, "다양한 문화예술교육 정책 및 사업의 실질적인 기획과 추진, 평가 그리고 여러 역할 주체들 간의 협력과 네트워킹을 지원할 수 있도록 구성되었다."(문화관광부, 한국문화예술교육진흥원 2007:23) 이에 따라 한국문화예술교육진흥원은 크게 나누어 학교문화예술교육 사업, 문화기반시설 사회문화예술교육 지원 사업, 대상별 사회문화예술교육 지원 사업, 문화예술 전문인력 양성 사업, 문화예술교육 기반 형성 사업 등을 수행하고 있다. 이들 사업의 성격과 내용을 살펴보면, 기

---

2) '문화예술'이라는 용어는 1972년에 제정된 문화예술진흥법과 이에 따른 문화예술진흥위원회와 한국문화예술진흥원의 설립 등으로 일반화되었다. 이런 판단이 가능한 것은 그 이전에 설립된 한국예술문화윤리위원회(1966)에서 예술문화라는 용어를 사용하고 있음과 비교할 때 더욱 그렇다. 즉 이 시기에 강조되었던 민족문화라는 용어와 함께 문화예술은 정책적 필요에 의하여 '진흥'과 '윤리'의 대상으로 본격적으로 관리되기 시작하였다.

3) 주로 미국에서 실시되고 있는 것으로서, 1990년대 중반 이후 장르 중심의 예술교육이 아닌 인접 과목과 함께 통합 수업함으로써 다양한 사고를 기르게 하는 것이다. 이와 유사한 흐름은 영국에서 지역예술센터가 지역주민을 위한 예술교육사업과 학교와 예술가를 연계하는 창의협력사업(Creative Partnership), 독일의 문화교육, 프랑스의 모두를 위한 문화예술교육 등을 들 수 있다. (임학순, 『문화예술교육사업과 파트너십』, 2007. pp. 18-20)

존 예술교육에서 추구하던 '예술을 위한 교육' 보다는 '예술을 통한 교육' 의 성격이 강하다는 것을 알 수 있다. 즉 문화예술교육 지원법의 제1조 "국민의 문화적 삶의 질 향상과 국가의 문화 역량 강화에 이바지"라는 목적에 충실히 복무하고 있는 셈이다. 그 각각의 사업이 어떻게 "국민의 문화적 삶의 질 향상과 국가의 문화 역량 강화"에 기여하고 있는지에 대해서는 별도의 분석과 논의가 필요한 사항이지만, 어찌되었든 그 모든 사업이 과거 예술교육에서 지향했던 개별 장르의 전문예술인을 양성한다거나, 예술 그 자체에 대한 이해력을 증진시키는 데 있지 않다는 점은 분명하다.

이 시점에서 문화예술교육의 개념과 영역, 혹은 그 의미에 대한 새로운 논의와 접근이 필요하다.[4] 현재까지 문화예술교육의 개념 정의로는 김세훈(2004)의 『문화예술교육 중장기 발전 방안』에서 문화예술교육에 대한 논의가 크게 예술교육과 문화교육에 대한, 두 개의 논의 연장선상에서 이루어져 있으나, 예술교육과 문화교육의 병렬적 나열이 아닌, "이러한 교육 영역들이 특정한 지향, 곧 개인의 미적, 창의적, 성찰적, 소통적 역량들을 북돋워 줌으로써 개인 자신의 발전과 성숙은 물론, 사회의 문화적 성장과 성숙을 이끌어낼 수 있도록 하는 지향 속에 유기적으로 연계된 교육"[5]라고 정의하면서, 나아가

---

4) 이러한 노력으로는 가장 최근 문화관광부와 문화예술교육진흥원이 개최한 문화예술포럼 (2008. 2. 11) '문화예술교육의 성과와 전망' 에서 다루어졌다. 이념/효과/정책 등 3개의 주제로 나누어진 이번 포럼에서 제 1주제인 이념은 바로 문화예술교육의 의미, 개념, 영역 등을 다룬 것이다.
5) 한국문화관광정책연구원. 『문화예술교육 중장기 발전 방안』. 2004. pp. 15 - 16 참조

"문화예술교육은 현행 예술교육이 보여주는 형식적 제약성과 문화교육의 내용적 광범위성이 상호 지양된 형태의 교육"영역이라고 규정하였다. 또한 양현미(2004)는 『문화예술교육 활성화를 위한 정책기반 조성방안 연구』에서 문화예술교육이 학술적인 측면에서 근거가 불분명함을 전제하며, '문화예술'이 문화예술진흥법에 근거한 정책용어인 점을 고려하여 정책용어로서 문화예술교육이라는 용어를 사용함을 분명히 하였다. 그렇기 때문에 그는 문화예술교육이 예술교육과 문화교육을 포괄하는 것으로 파악하되, "기존의 예술교육이 갖는 장르 중심적 또는 장르 이기주의적 사고를 뛰어넘는 통합적인 교육방법을 수용"한다는 점을 밝혔다.

임학순(2005)은 그의 연구논문 『문화예술교육 인적자원 지표체계 구축 방향과 과제』에서 문화예술교육의 개념을 대체로 앞에서 언급한 한국문화관광정책연구원의 연구자들의 의견에 동의하면서도 문화예술교육을 창작자 뿐만 아니라, 문화예술경영자, 문화예술 소비자의 관점으로 접근하여 문화예술교육의 내용, 창작, 유통, 소비의 네 측면에서 문화예술교육의 개념을 제시하였다.

고경화(2006)는 그의 연구논문 『우리나라 문화예술교육의 활성화를 위한 방안연구』에서 "문화예술교육은 예술교육과 문화교육에서 각각 구성된 요소들을 종합하여 총체적 형태의 구조를 구성하는 가운데, 문화는 예술의 작용을 통해 더욱 발전된 양상을 기대할 수 있고, 또한 예술은 문화적 지평의 더욱 확대된 시·공간 영역에서 다양한 양식을 창출할 수 있는 시너지 효과를 얻을 수 있다"고 밝히면서 "문화를 주제로 한 학문과 예술은 교육의 소재"가 되며, "문화를 활용하고 교육활동을 전개하는 과정에 예술적 체험"이 가능하다고 논하고 있다. 결국 그는 문화예술교육이 예술교육의 소재와 내용이 확대된 개념으로 파악하고 있다.

그러나 이와 같은 각각의 연구는 문화예술교육의 개념을 분명하게 드러내지 않는다. 막연하게 예술교육의 '합집합 혹은 교집합' 등의 용어 정의에 한정된 것이다. 이에 반하여 최근 신승환(2007)은 본격적인 문화예술교육에 대한 개념 분석과 해석을 제시하였다. 그는 『문화예술교육론 연구』에서 문화예술교육의 활성화가 문화예술교육지원법의 제정에 의한 것이라는 점을 인정하면서도, 그 원형을 1999년 9월 발족한 문화연대 내 문화연대교육위원회에서 펼친 문화교육운동에서 찾고 있다. 동시에 문화교육운동은 그 연원이 80년대 진보적 교육운동을 이끌어온 전국교사노동조합(전교조)의 참교육 이념에 있다고 하였다. 동시에 그는 문화예술교육의 학문적 지형으로는 1980년대 독일을 중심으로 전개해왔던 '문화학'과 그 이전부터 영국을 중심으로 전개된 '문화연구'에 있다고 하였다. 이와 동시에 문화예술교육에서 문화·예술·교육이라는 세 개의 영역이 모호하게 병렬적으로 연결되어 있는 현재의 상황인식을 타파하기 위하여, 문화예술교육의 내적 통합 원리로 '탈근대'와 '존재론'이라는 철학적인 관점에서 제시하였다. 이와 같은 연구는 기존에 문화예술교육이

막연히 '예술교육과 문화교육을 포괄하는 것'으로 간주하였던 인식과는 차별화된 연구인 것만은 분명하다. 그러나 반면에 이 연구는 지나치게 사회학과 철학적 주제에 접근하고 있는 까닭에 오늘날 우리나라 여러 현장에서 문화예술교육이라는 이름으로 전개되고 있는 현상과 명백한 접점을 찾기 어렵다.

이에 본 연구는 2005년 설립 이후, 실질적으로 우리나라 문화예술교육을 정책적인 측면에서 주도하고 있는 한국문화예술교육진흥원의 사업을 중심으로 문화예술교육의 개념과 영역을 파악하고자 한다. 특히 1999년 기존의 사회교육법을 대치한 평생교육법이 제정되고, 교육기본법이 개정되면서 형성된 교육관련 구조와 비교하여 문화예술교육의 의미와 위상을 파악할 필요가 있다. 즉 교육에 관한한, 상위 모법이라 할 수 있는 교육기본법에서 제시한 평생에 걸친 학습권, 평생교육법에서 규정한 평생교육의 정의에 포함된 문화예술교육, 그리고 문화예술교육지원법에 제시된 평생에 걸쳐 문화예술을 학습할 수 있는 기회 등을 연관시켜 보았을 때 더욱 그렇다.

이에 이 연구는 교육학에서 분류하고 있는 학교 외 교육(Out of School)으로서 사회교육과 평생교육과는 어떤 관계를 맺고 있는지를 파악함으로써, 실증적인 차원에서 문화예술교육의 의미를 알아보고자 한다. 물론 한국문화예술교육진흥원의 사업만으로 문화예술교육의 의미를 분명히 할 수 없다는 한계는 있다. 그러나 현단계 우리나라 대부분의 문화예술교육사업이 진흥을 구심점으로 삼아 진행되고 있다는 점을 고려하였을 때, 실증적 차원에서 일정 부분 의미가 있을 것으로 판단하였다.

II. 본론

1. 한국문화예술교육진흥원의 사업 현황

서론에서 밝힌 바대로 현재 한국문화예술교육진흥원의 사업은 크게 학교문화예술교육 사업 등 5개 분야이며, 그 구체적인 내용은 〈표 1〉과 같다. 그러나 문화예술교육지원법에 규정된 사업은 크게 세 가지이다. 즉 학교문화예술교육사업, 사회문화예술교육사업, 문화예술교육 전문인력 양성이다. 이와 같은 구분은 한국문화예술교육진흥원은 편의상 사회문화예술교육을 문화기반시설과 대상별로 나누었으며, 문화예술교육 전문인력 양성도 전문인력 양성 이외에 기반 형성으로 분리하였다. 예산 규모는 2005년의 경우 약 340억 원 규모였으나 2006년에는 약 370억 원 규모로 증가하였으며, 주요 재원은 국고, 복권기금, 체육진흥투표권 적립금, 지방비, 교육부 특별교부금, 기타 자부담 등으로 조성되어 있다.

〈표 1〉 한국문화예술교육진흥원 사업 분류

대분류	사업	예산
학교문화 예술교육 (16,341,310천원)	예술강사 지원사업	
	학교–지역사회 연계 문화예술 교육의 시범사업	
	교원 전문성 강화	교사자율연구모임 지원 교육행정 간부 연수 지원
	기타 지원사업	방과후 교실 지원 학교축제 지원 폐교활용 지원
문화기반시설 사회문화예술교육	문예회관 문화예술교육 지원	
	문화의집 문화예술교육 지원	
	박물관 · 미술관 문화예술교육 지원	
대상별 사회문화예술교육 (12,563,880천원) ※ 문화기반시설 사회문화예술교육 예산포함	아동복지시설 문화예술교육	※ 한국메세나협회 주관
	노인 문화예술교육	
	장애인 문화예술교육	
	교정시설 수용자 문화예술교육	
	소년원학교 문화예술교육	
	군인 문화예술교육	
	여성결혼이민자 문화예술교육	
문화예술 전문인력 양성 (4,400,000천원)	문화예술교육 전문인력 양성	
	문화예술교육 전문인력 아카데미	
	예술영재 육성	
	문화예술 전문인력 양성	문화예술 기획 · 경영 전문인력 문화정책 · 행정 전문인력 양성 전통문화 전문인력 양성

문화예술교육 기반형성 (2,895,033천원)	문화예술교육 제도적 기반 형성	
	국민인식 제고	
	연구사업	
	국제교류	
	문화예술교육 재정 확보	

※ 참조 : 『2006 문화예술교육 정책백서』

2. 한국문화예술교육진흥원의 사업 분석

1) 학교문화예술교육사업

학교문화예술교육 지원사업은 초·중등학교 문화예술교육의 활성화를 위하여 학교교육 체계 안에서 예술강사 지원을 통한 체계적인 교육 프로그램 제공, 학교-지역사회 연계 문화예술교육 시범사업을 통한 외부와의 협력 모델 개발, 교원 연수 및 자율연구모임 지원을 통한 교원의 문화예술교육 전문성 강화 등으로 구분된다. 이는 문화관광부와 교육인적자원부가 함께 추진하는 정책으로서 "학생들이 일상의 삶 속에서 문화예술을 경험하고, 이를 통하여 창의적 자아 표현, 통합적 사고, 다양성의 이해, 타인에 대한 이해 및 소통 능력을 배양"(문광부,한국문예교육진흥원 2007:30)함으로써, 장차 미래사회의 문화시민으로 육성한다는 장기 비전을 가지고 있다.

이들 세부사업 중 가장 활성화되고 있는 것이 예술강사 지원사업이다. 예술강사 지원사업은 2000년 16개 지방자치단체와 한국국악협회를 중심으로 하는 국악 강사풀제부터 출발하였으나, 지금은 연극, 영화, 무용, 애니메이션 등 총 5개 분야에서 진행되고 있다. 원래이 사업은 민간단체가 주관하였으나, 지금은 공공성 강화 차원에서 국악을 제외한 4개 분야를 한국문화예술교육진흥원에서 주관하고 있다.

주로 정규 교과과정에 해당되는 교과 및 재량활동, 그리고 특별활동 시간을 중심으로 예술강사를 지원하고 있으며, 예술강사는 소정의 연수 과정을 이수해야 한다. 특히 여기서 주목해야 하는 것은 이들 예술강사를 대상으로 실시되고 있는 연수 프로그램의 과목이다. 연극의 경우, 기본, 심화, 연구 과정으로 나뉘어져 있으며 총 140시간을 수강한다. 이 중 기본 과정에만 한정하여 과목을 살펴보면 〈표 2〉와 같다.

<표 2> 2007 예술강사 기본연수 연극 분야 교육과정(기본과정)

분야 단계		연극			대상	공통
		전 분야 공통 이수과목	교육 기초	교육실제		시간수
Ⅰ 기본	상	문화예술교육의 이해(1) 초등/중등교육의 이해 및 교사의 자세(2) 수업설계와 교수법(2)	연극교육의 이해(2) 수업지도안 작성법 및 운영의 실제(2) '나'를 표현해보자 :즉흥(3)	연극놀이Ⅰ(4) 다양한 소재를 활용한 창의적 연극 만들기Ⅰ(4) 초등/중등교재를 활용한 연극수업 운영안(4) 연기지도Ⅰ(4) 수업사례발표 및 토론(2)		30
	계	5	7	18		60
	하	교육과정의 이해와 적용(2) 아동/청소년의 이해와 의사소통(3)	교육연극의 이해(2) 신체움직임Ⅰ: 마임(3) 시창과 청음 : 호흡과 소리훈련을 위한지도법(3) 희곡선택 및 분석(3)	연극놀이Ⅱ(4) 다양한 소재를 활용한 창의적 연극 만들기Ⅱ(4) 및 수업적용 모형 연구(2) 연기지도Ⅱ(4)		30
	계	5	11	14		

※ 참조 : 『2006 문화예술교육 정책백서』

〈표2〉에서 보 듯, 문화예술교육의 이해, 초등/중등교육의 이해 및 교사의 자세, 수업설계와 교수법, 교육과정의 이해와 적용, 아동/청소년의 이해와 의사소통, 수업지도안 작성법 및 운영의 실제, 초등/중등 교재를 활용한 연극수업 운영안 등은 연극 그 자체보다 교육 현장에 실제적으로 필요한 내용들이다. 또한 교육연극의 이해, 연극놀이Ⅰ·Ⅱ, 다양한 소재를 활용한 창의적 연극 만들기 Ⅰ·Ⅱ, 다양한 소재를 활용한 창의적 연극 만들기의 수업적용 모형 연구 등은 교육

연극에 관한 내용들이다. 이 외 연극교육의 이해, '나'를 표현해보자 : 즉흥, 신체움직임 : 마임, 시창과 청음 : 호흡과 소리훈련을 위한 지도법, 희곡선택 및 분석, 연기지도 Ⅰ·Ⅱ 등은 연극교육에 관한 내용들이다. 과목 비율로 보자면 교육법 관련 7개 과목, 교육연극 관련 6개 과목, 연극교육 관련 7개 과목, 그리고 기타 1개 과목(수업사례 발표 및 토론)으로 이루어져 있다. 시간으로는 교육 현장 관련 18시간, 교육연극 관련 20시간, 연극교육 관련 22시간이다.

여기서 연극교육을 제외한 교육 현장 관련 과목이나 교육연극 관련 과목은 대학에서 이수하지 못한 과목이 대부분이라는 점을 감안하였을 때, 상당 부분 의미가 있다. 즉 전문연극인이 아닌 연극교육자로서 자질을 기를 수 있을 뿐만 아니라, 현장에서 학생에게 연극을 통한 교육적 효과를 제고할 수 있는 자질을 동시에 함양할 수 있다는 점이다. 이는 문화예술교육이 지향하는 바가 '국민의 문화적 삶의 질 향상'이라는 점과 일맥 상통한다. 결국 학교문화예술교육은 예술전문가를 양성하는 것이 아닌, 문화적 삶의 질 향상 혹은 창의적 사고를 기르고자 하는 것과 일치하는 셈이다.

이밖에 학교문화예술교육 지원사업으로는 학교-지역사회 연계 문화예술교육 시범사업과 교원 전문성 강화 사업, 그리고 기타 지원사업이 있다. 이 중 학교-지역사회 연계 문화예술교육 시범사업은 2006년으로 시범사업을 마치고 이후 지역문화예술교육지원센터로 흡수되어 보다 전문적이고 지역의 특색에 맞게 진행될 예정이다. 또한 교원 전문성 강화 사업은 "기존의 미술·음악교과로 제한된 연수 프로그램에서 벗어나 공연장, 박물관, 미술관 등의 문화기반시설을 활용한 체험 연수와 통합적 문화예술교육 연수프로그램으로 운영"(앞의 책 p. 61) 되고 있다.

이 사업 역시 교과 중심이 아닌(즉 장르 중심이 아닌), '체험'과 '통합'적인 연수를 통하여 교사들로 하여금 해당 장르의 전문성이 아닌 '문화적 삶의 질 향상'을 지원할 수 있는 '문화 역량 강화'를 추구하고 있는 셈이다.

2) 사회문화예술교육사업

사회문화예술교육 지원사업은 앞에서 밝힌 바대로 크게 두 가지로 나누어진다. 첫째가 문화기반시설을 활용한 사회문화예술교육사업이고, 둘째가 대상별 사회문화예술교육사업이다. 즉 문화시설이라는 매체를 활용하는 간접적인 방식과 문화적 취약계층이라는 타깃을 대상으로 삼는 직접적인 방식이다. 그러나 이 두 개의 방식이 지향하는 바는 모두 '문화소외계층'을 위한 사업이라는 점이다. 예를 들어, 문화기반시설 사회문화예술교육사업 중 문예회관 문화예술교육 지원사업의 경우, 전국문예회관연합회의 주관 아래 전국을 대상으로 교육 프로그램이 지원되었지만 서울은 제외되었다. 이는 "결과의 균등이 아닌 기회의 균등을 만들어내기 위한 정책적 결정"(앞의 책 p. 84)이기 때문이었다. 이에 비해 문화의 집이나 미술관·박물관 문화예술교육 지원사업은 문화소외계층만을 대상으로 삼고 있지는 않지만, 그 대상이 주로 지역주민이거나 학생들이라는 점을 감안한다면 광의의 개념으로 문화소외계층으로 포함할 수 있다.

사회문화예술교육이 사회적 취약계층을 주요 대상으로 삼는다는 점을 극명하게 드러나는 분야가 대상별 사회문화예술교육 지원사업 부문이다. 이는 2005년 문화관광부가 발간한 "사회적 취약계층 문화활동 지원을 위한 법/제도 개선 방안"에 나타난 정책적 방향을 기초로 하여 추가적으로 보완하여 그 구체적 사업이 결정되었다. 이 보고서에서 사회적 취약계층에 대한 문화정책의 필요성은 '문화적 기본권'이라는 인식에서 출발하여[6], 사회적 취약계층이 당하는 '사회적 배제(social exclusion)'를 극복하는 방안으로 파악하고 있다. 그리하여 이 보고서는 장애인, 노인, 저소득층, 그리고 외국인 근로자를 대상으로 하는 문화정책의 구체적 방안을 제시하였다.

그 이후 2005년에 사회문화예술교육 프로그램에 대한 연구가 실시되었고, 이를 바탕으로 하여 2006년에 7개 대상을 선정하여 사회문화예술교육이 실시되었다.[7] 그러나 이와 같은 7개 분야 중 아동, 노인, 장애인을 제외한 4개 분야는 또 다시 한 개의 사업으로 분류하여 사회문화예술교육 활성화 지원사업으로 정하고 있다. 이 중 아동복지시설 대상 사회문화예술교육은 나머지 분야의 주관처가 한국문화예술교육진흥원인데 반하여, 한국메세나협의회가 2006년까지 주

---

6) 이와 같은 인식은 한국문화예술교육진흥원의 사회문화예술교육 지원사업에 그대로 계승된다. 『2006 문화예술교육 정책백서』에서 "사회문화예술교육 지원사업은 우리 사회의 여러 구성원들이 문화기본권을 향유할 수 있도록...."이라고 밝히고 있다.(p. 114)

7) 7개의 대상은 아동복지시설 아동, 노인, 장애인, 교정시설 수용자, 소년원, 군인, 여성결혼 이민자이다.

관하였다. 이는 복권기금으로 제공되는 재원 외에 기업과 관련한 한
국메세나협의회의 역할을 전제로 한 것이었으나, 문화예술교육의 전
문성을 강화하기 위하여 2007년부터는 한국문화예술교육진흥원이
통합 주관하고 있다.

그러나 아동복지시설 문화예술교육 지원사업과 노인/장애인 대상
문화예술교육 지원사업은 기본적으로 예술강사가 특정 기간에 걸쳐
해당 기관에 나가 1회 2시간 정도의 문화예술교육을 실시하는 것으
로서, 학교를 대상으로 실시하고 있는 예술강사 지원사업과 큰 차이
가 없다는 지적이 있었다.[8] 또한 이와 같은 사업을 통하여 '사회 서
비스 일자리 정책 사업'의 일환이기도 하다.[9] 이런 까닭에 사회문화
예술교육 사업 전반에 걸쳐 재점검 및 지원사업의 재정립이 필요하
다는 의견이 제시되기도 했다.[10]

3) 문화예술 전문인력 양성사업

문화예술 전문인력 양성사업은 "소득 수준의 향상과 생활 양식의
변화로 지적·창의적 문화활동이 증대되고, 문화기반시설 및 문화예
술시장의 확대로 전문인력에 대한 수요가 증가하고 있지만, 현재까
지 문화예술 전문인력의 장기적이고 체계적인 수급 정책이 미비"(앞
의 책 p.152)하다는 인식을 기반으로 하여 시행되고 있다. 이는 그

---

8) 문화관광부 등. 『2006 문화예술진흥기금사업 평가』. 2006. p. 316 참조
9) 문화관광부 등. 「2007 문화예술진흥기금사업 평가」 워크숍 자료. 2006. p. 179 참조
10) 문화관광부 등. 앞의 책. p. 316 참조

동안 대학의 예술교육이 그와 같은 분야를 담당하지 못한 것을 반증하기도 한다.

> 대학의 경우 현장의 인력수요와 무관한 실기 위주 교육으로 창작과 재현을 중심으로 한 예술작품의 생산자 교육에 편중되어 왔으며 관련 학과 졸업생들은 주로 사교육 관련 직종에 종사하게 되는 등 초급예술가의 과잉 배출로 인한 사회적 비용의 사장 및 교육 시장의 왜곡 문제가 제기되어 왔다. 다른 한편으로 문화예술 산업구조를 고려한 분야별 인력양성 정책 부재와 더불어 문화예술 시장의 성장에 따른 관련 매개 전문인력의 부족 또한 문제점으로 지적되었다. 기획·경영, 교육, 정책·행정 등 문화기반시설 및 전문예술단체에서 요구하는 분야별 전문인력이 부족한 실정이다.(앞의 책 p. 152)

위의 글을 요약하면 대학의 실기 중심 교육의 문제와 문화예술 관련 분야 교육의 부재로 압축된다. 실기 중심의 교육이 갖는 바 문제는 이미 관심있는 많은 학자들에 의하여 지적된 바 있으나,[11] 아직까지 대학교육 현장에서 대처하지 못하고 있는 현실이다. 두 번째 문화

---

11) 허순자(1998)는 미국의 대학연극교육을 분석하면서 대체로 실기 중심의 교육이며 인문학 전통의 부활을 대안으로 제시하였으며, 김대호(2006) 역시 우리나라 대학 연극교육이 실기 중심으로 이루어져 있다고 주장하였다. 이에 이동연(2007)은 융합적인 교육을 주장하기도 하였다. 필자(2007)는 대학의 공연예술교육이 실기 중심으로 이루어졌음을 구체적으로 대학의 교육 과정을 통하여 분석하면서, 그 대안으로 인문학 전통의 토대 복원, 교육연극과 교육무용의 도입, 장르 간 융합교육, 학제 간 협동교육을 제시한 바 있다.

예술 관련 분야에 대한 전문적인 교육의 부재는 사실상 첫 번째 문제로 지적된 대학의 실기 중심의 교육과 밀접하게 연관된 것으로 파악해야 할 것이다.

이와 같은 문제의식을 바탕으로 한국문화예술교육진흥원은 문화예술교육의 영역으로 문화예술전문교육을 실행하고 있으며, 그 세부사업으로 문화예술교육 전문인력 양성, 문화예술교육 전문인력 아카데미 운영, 예술영재 육성, 문화예술 전문인력 양성을 실행하고 있다. 여기서 주의해야 할 점은 문화예술 전문인력이라고 하였지만, 현장에서 문화예술을 창작하는 인력이 아닌 주로 기획과 경영 등의, 엄밀하게 말하면, 문화예술 배후인력에 대한 양성을 의미한다는 점이다. 물론 예술영재 육성이 예술 창작과 관계가 깊지만, 그 역시 장애인 예술영재 교육이라든가 통합형 예술영재 지원사업 등과 같이 특정 장르에 한정되지 않는다는 점을 고려한다면, 문화예술 전문인력 양성 사업은 특정 장르를 위한 교육사업이 아닌, 변화된 문화예술 산업현장을 의식하고 있으며, 궁극적으로는 '국가의 문화 역량 강화'를 염두에 두고 있음을 알 수 있다.

이와 같은 문화예술 전문인력 양성사업은 한국문화예술교육진흥원 뿐만 아니라 예술경영지원센터(기획 경영 전문인력 양성), 한국예술종합학교(문화행정 전문인력 양성), 한국전통문화학교(전통문화 전문인력 양성) 등의 주관 단체를 통하여 시행되고 있다.

이 외에 큰 범주로 문화예술 전문인력 양성사업으로 포함되면서도 독립적인 영역으로 한국문화예술교육진흥원은 문화예술교육의 기반을 형성하기 위한 사업을 추진하고 있다. 과거 문화관광부와 교육인적자원부의 협력으로 이루어진 문화예술교육 지원법 및 시행령 제정 등과 같은 제도적 기반 사업 뿐만 아니라, 문화예술교육에 대한 국민들의 인식을 제고하기 위한 문화예술교육 포털사이트 아르떼의 운영, 문화예술교육박람회(구. APM) 운영, 정책 포럼 등이 바로 그것이다. 또 연구사업을 통하여 문화예술교육에 대한 학술적 기반 조성과 전문성 강화 등의 노력도 기하고 있다.

3. 평생교육 측면에서 본 문화예술교육

1) 개방형 교육

평생교육은 과거 '학교 밖 교육'인 사회교육, 성인교육 등의 비형식교육에 뿌리를 두고 있다.[12] 우리나라 역시 기존의 사회교육법이 1999년 평생교육법으로 개정되면서 그 실질적 운용이 구체화되었다. 이는 외국의 대다수 국가들이 "학교교육 기본법과 사회교육법을

---

12) '평생교육(lifelong education)'이라는 용어는 1965년 성인교육학자인 랑그랑(Paul Lenggrand)이 유네스코 성인교육발전위원회에 「평생교육(L`education permanenté)」라는 보고서를 제출하면서 사용되기 시작하였다. 이 보고서에서 그는 "인간은 태어나 죽을 때까지 평생을 통해 교육받을 권리가 보장되어야 한다. 그리고 이것을 위해 새로운 교육제도들이 만들어져야 한다."라고 밝혔다. 이와 같이 평생교육은 성인교육을 연구하는 교육학자들에 의하여 제안되고 실행되기 시작하였다.

통해 평생교육의 본질을 추구하는 방식을 위하는 것이 일반적"(한승희. 2007:178)이라는 점에 비추어 선진적이라고 평가할 수 있다.[13] 현재 우리나라는 교육기본법 아래 초·중등교육법, 고등교육법, 평생교육법이라는 삼법 체계를 가지고 있다. 이는 과거 교육기본법이 학교교육만을 대상으로 한 점과 뚜렷하게 구별된다. 즉 현재교육기본법에는 헌법의 '교육을 받을 권리'와 '교육을 받게 할 의무'라는 정신을 바탕으로 하여 '국민의 평생을 통한 학습권'을 규정함으로써 평생교육의 근거를 마련하였다. 그리하여 평생교육법에서 평생교육에 대한 정의는 "학교교육을 제외한 모든 형태의 조직적인 교육활동(제2조)"이라 정하면서 학교교육과 같이 "다른 법률이 정한 특별한 규정이 있는 경우를 제외하고는" 일체의 교육활동이 이 법에 의하여 적용되도록 하였다.(제3조) 즉 '학교 외 교육'의 기본법으로서 지위를 획득한 것이다.

이렇듯 평생교육은 학교교육과 학교 외 교육이라는 대칭점을 가지고 있는 까닭에 상당히 많은 부분에서 차이가 있는데, 그 중에서 뚜렷한 차이를 보이는 것이 평생교육의 기본체제가 학교교육이 '폐쇄형 종점교육'인데 반하여 '개방형 평생교육'을 지향한다는 점이다.[14] 이는 학교교육이 "학교 자체가 가지고 있는 프로그램만을 통한 완결구

---

13) 현재 평생교육법을 별도로 가지고 있는 나라는 한국을 제외하고 일본과 영국 등이다.
14) 한숭희. 위의 책. pp. 215 - 230 참조. 더 자세한 내용은 김신일 외. 『평생학습체제 구축방안 연구』. 서울:평생교육원, 2003 참조.

조를 가지고 있으며", 동시에 일정 기간에 걸쳐 소정의 교육과정을 마치면 교육행위가 종결된다는 특징을 가지고 있는 반면에, 평생교육은 교육 대상자의 선발을 포함한 교육과정에 제한이 없을 뿐만 아니라 그 교육기간 역시 생애 전반에 걸쳐 있다는 특징이 있기 때문이다.

이와 같은 차원에서 흔히 학교교육을 형식교육(formal education)이라고 분류하는데 반하여, 평생교육은 비형식교육(non-formal education)으로 분류된다.(허혜경 외 2007:15) 형식교육은 공적으로 인정된 교육기관에서 공식적으로 지속적인 교육을 전적(fulltime)으로 받는 것을 의미하는데, 여기서 '전적으로' 라는 말은 학습자가 특정한 직업을 가지지 않고 학습에만 전념한다는 뜻이며, 보통 위계적 질서를 거쳐 학력을 인정받는 교육을 의미한다. 이에 비하여 비형식교육은 학력보다는 교육적 필요성에 의하여 실행되는 교육으로서, 어느 정도 조직화되고 체계화된 교육활동을 의미한다.[15] 학력인정에 대한 필요가 아닌 순수하게 학습자 개인의 교육적 필요에 의한 교육활동이기 때문에 입학과 졸업의 자격 제한이 없으며, 그에 따라서 누구나 필요하면 교육에 접근할 수 있다.

이런 측면에서 현재 한국문화예술진흥원이 실시하는 문화예술교육은 평생교육과 마찬가지로 개방형이며 비형식교육이다. 사회문화예술교육에서 대상별 사회문화예술교육의 대상자들이 사회적 취약

---

15) 비형식교육은 무형식교육(in-formal education)과 구분된다. 무형식교육은 가족, 또래집단, 대중매체 등에 의하여 무작위적으로 학습되는 교육을 의미한다.

계층으로 한정되어 있기는 하지만, 문화시설 기반별 사회문화예술교육의 경우 특별한 참여 조건이 없다는 점에서 그렇다.

또한 학교문화예술교육 역시 참여하는 학생들의 선택에 따른다는 점에서 개방형 비형식 교육이다. 현재 예술강사 지원사업에 의하여 학교에서 실시되는 문화예술교육은 교과로는 초등학교 국악(음악), 초등학교 무용(즐거운 생활 및 체육), 중학교 무용(체육), 초·중학교 연극(체육), 고등학교 연극(국어)이며 나머지는 모두 재량활동, 특별활동, 동아리 활동이다. 이들 재량활동, 특별활동, 동아리 교육의 특징은 학교의 조직적인 교육과정이라기보다 학생들의 진로탐색 및 취미활동을 위하여 개설한 후, 학생들이 선택하는 방식이 대부분이다. 그리고 위의 교과 역시, 교과목으로서 가능성을 열어둔 것이며 실제로 교과목으로 선정하여 국악, 무용, 연극을 수업하는 경우는 드물다. 이런 까닭에 학교문화예술교육이라고 해서 그것이 학교교육이라고 할 수 없고(폐쇄형종점교육이 아니라는 측면), 오히려 개방형 교육에 가깝다.

2) 학습권 중심 교육

① 국가가 주도하고, ② 경제적 생산관계 속에서 미래의 직업을 준비하고, ③ 사회적으로 합의된 절대가치를 가르친다는 것이 기존의 학교교육의 3요소이다. 그러나 이와 같은 명제들은 지구화사회, 지식기반사회, 그리고 탈근대주의 시대에 적합한 교육모형은 아니다.

국가교육주의로 인하여 학교가 학습자의 개별 학습을 모두 관리하는 시스템은 결과적으로 학교사회(schooling society)를 낳았고, 이로 인하여 결과적으로 학력이 모든 것을 좌우하는 학력사회(credential society)를 야기하였다. 평생교육은 이러한 시스템으로부터 탈피를 의미한다. 즉 대량으로 '찍어 내는' 붕어빵식 학교로부터 학습자가 지식의 생산자이며 주인이 되는 새로운 시스템을 의미한다. 결과적으로 평생교육은 학력사회가 아닌 학습사회(learning society)[16]를 지향하며, 학습사회는 교육받을 권리(교육권)가 아닌 자신의 학습을 스스로 선택하고 수행할 권리(학습권)에 주목한다.[17]

학습권(right to learn)은 1985년 제4차 유네스코 국제성인교육학회에서 제안하고 총회에서 채택하고 선언한 개념으로서, ① 읽고 쓸 권리, ② 탐구하고 분석할 권리, ③ 상상하고 창작할 권리, ④ 자신의 세계를 읽고 역사를 쓸 권리, ⑤ 교육 자원에 접근할 권리, ⑥ 개인 및 집단적 기능을 발전시킬 권리 등의 내용을 담고 있다.

이에 대하여 김신일은 학습권을 "개인적으로나 집단적으로 인격적, 지적, 기능적 향상을 위하여 자유롭게 탐구할 권리와 기초교육에 참여할 권리"(김신일. 1999:16)라고 규정하기도 하였다.

---

16) 1960년대 교육학자 이반 일리치는 『탈학교 사회』라는 저서를 통하여 '학습망(learning web)'이라는 개념을 등장시킴으로서 학교교육의 중심을 '학교'라고 하는 물리적 체계로부터 사회적 네트워크로 전환시켰으며, 이 개념으로부터 평생교육의 근간이 되는 '학습사회'가 탄생되었다.

17) 개정된 우리나라 교육기본법도 이와 같은 흐름을 반영하여 제3조에 '국민의 평생을 통한 학습권'을 규정하여 헌법상의 교육에 관한 권리 보장 정신을 보다 구체화하였다.

이러한 측면에서 현단계 문화예술교육은 철저히 학습권에 접근한다. 특히 유네스코 성인교육학회의 선언 중 세 번째, 상상하고 창작할 권리를 충족시켜주는 것이며, 그 대상이 공교육의 대상자만이 아닌 일반 국민 모두를 지향한다는 측면에서 더욱 그렇다. 사회적 취약계층에 대한 사회문화예술교육은 '문화의 민주화' 뿐만 아니라 '교육의 민주화'의 연장선상에 있다. 즉 "노인이나 장애인이 경제활동인구가 아니라는 이유로 교육기회를 가지지 못한다는 것은 평생교육의 이념에 어긋나는 일"(한숭희. 2007:22)인 것처럼, 노인이나 장애인 역시 문화를 이해하고 즐길 평등한 권리가 있는 것이다.

과거 문화예술은 일부 전문가들만의 전유물이었다. 때문에 그에 대한 교육 역시 전문가이거나 전문가를 지향하는 이들만의 영역이었다. 그러나 오늘날과 같은 창의력이 개인의 경쟁력이나 국가 경쟁력이 되는 시절에는 문화예술에 대한 교육과 학습은 단순히 전문가만이 아닌 일반인들에게도 절대 필요한 경쟁도구가 되는 셈이다. 이에 따라 과거 문화예술교육에서 제외되었던 일반인들도 문화예술을 학습하고자 하는 욕구와 필요가 있으며, 국가가 제도적으로 그들의 요구를 수용한 것이 바로 문화예술교육인 셈이다.

3) 삶의 질 향상을 위한 교육

허혜경 외 2인의 공동저서 『평생교육개론』에서 평생교육의 필요성으로 크게 두 가지를 제시하고 있다. 그 첫 번째가 지식기반경제사회에 적응하기 위하여, 두 번째는 삶의 질 향상을 위하여 평생교육이 필요하다는 점을 명백히 한다. 또한 삶의 질 향상에서는 다시 네 가지로 나누고 있다. 첫째는 자아실현의 측면, 둘째는 지식의 생산·사용과 환경의 문제 측면, 셋째는 문화에 대한 욕구증가와 새로운 사회생활양식의 측면, 넷째는 성인·노인·여성·장애인 등에 대한 지위변화의 측면이 바로 그것이다.[18] 배석영 외 3인의 공동저서인 『평생교육개론』에서는 평생교육의 필요성으로 크게 두 가지를 들고 있다. 첫째는 시대사회적 요청이고, 둘째는 학교교육의 한계에 따른 학교교육의 요청이다. 그리고 시대사회적 요청은 다시 여덟 개의 요소로 나누고 있는 바, 그 다섯 번째가 여가생활의 증가이며, 이 점은 바로 문화에 대한 욕구로 이어진다는 것을 들고 있다. 학교교육의 한계에서는 학습자의 다양한 욕구를 충족시켜주지 못하는 학교교육의 획일성을 그 중에 하나로 들고 있다.[19] 이와 같은 내용은 다음과 같은 진술에서도 여실히 나타난다.

> 우리나라 평생교육의 1세대라고 할 수 있는 김종서는 평생교육을 "삶의 질 향상의 이념 실현을 위하여 태아에서 무덤에 이르기까지의 교육의 수직적 통합과 가정교육, 사회교육, 학교교육의 수평적 통합을 통한 학습사회를 건설함으로써 최대한의 자아실현과 사회발전 능력의 함양을 목적으로 하는 것"이라고 말하고 있다. 이 정의에서 '삶의 질 향상'을 평

---

18) 허혜경 외. 앞의 책. pp. 53-58 참조
19) 배석영 외. 『평생교육개론』. 양서원. 2007. pp. 70 - 75 참조

생학습의 가치로 놓고 보면, 김종서의 정의는 평생교육의 평
생학습을 실현하기 위하여 전사회적 및 전생애적으로 교육
을 통합한 이른바 학습사회를 건설함으로써 두 가지 목적,
즉 개인적 목적으로서의 자아실현과 사회적 목적으로서의
사회발전을 동시에 이룰 수 있는 교육의 새로운 판도를 암시
하고 있는 것이다. (한숭희. 2007:30, 밑줄 저자)

즉 한숭희는 평생교육을 통해 '자아실현'과 '사회발전'이라는 두
가지 목적을 이룰 수 있는 '교육의 새로운 판도'를 이룰 수 있을 것
이라고 생각하고 있는 것이다. 이러한 생각은 문화예술교육의 목적
과 일치한다. 문화예술교육지원법 제1조에서 문화예술교육의 목적
으로 제시한 '국민의 문화적 삶의 질 향상과 국가의 문화 역량 강화
에 이바지'라는 두 개의 목적과도 일치하기 때문이다.

일반적으로 '삶의 질(quality of life)'이란 "개인이나 집단을 둘러
싼 삶의 객관적 조건 뿐만 아니라, 개인이나 집단이 경험하는 안녕 ·
복지에 대한 주관적인 느낌(행복감, 안녕감, 만족감, 좌절감, 실망감)
을 동등하게 강조하는 개념"(한혜원. 2000:33)이다. 서구 50년대와
60년대에 "사회학자들이 주로 후생 의료, 서비스 시설의 양과 인구
의 증가나 이동과 같은 사회적 지표를 이용하여 삶의 질과 관련한 연
구를 시작"(김채옥. 2007:26)하였으나, 70년대 이후로는 삶의 질을
"주관적, 심리적 만족감으로 규정하는 입장으로서 삶의 질에 대한
개인의 인지적, 정서적 평가를 포함하는 주관적 만족감을 삶의 질"

(김은미 2004:16)로 보고 있다.

평생교육을 통해 삶의 질을 향상시킨다함은 바로 '인지적, 정서적 평가를 포함하는 주관적 만족감'의 향상을 의미한다. 삶의 객관적 지표의 변화가 없더라도 심리적, 정서적 변화를 통하여 주관적 만족감이 충족된다면 삶의 질이 나아질 수 있음을 알 수 있다. 이와 같은 인식은 문화예술교육에도 해당된다. 문화예술교육이 지향하는 바 '국민의 문화적 삶의 질 향상'은 바로 주관적 만족감을 충족시키고자 하는 것이며, 주관적 만족감의 충족은 비록 객관적 삶의 환경이나 지표의 변화가 변화하지 않더라도 충분히 가능한 것이기 때문이다. 이런 차원에서 문화예술교육은 평생교육이 지향하는 바 가치, '삶의 질 향상'을 동일하게 추구한다.

III. 결론

이미 평생교육법 제2조에는 "평생교육이란 학교교육과정을 제외한 학력보완교육, 성인 기초·문자해득교육, 직업능력 향상교육, 인문교양교육, 문화예술교육, 시민참여교육 등을 포함하는 모든 형태의 조직적인 교육활동"이라고 규정되어 있다. 그리고 문화예술교육지원법 제3조 제2항에서 "모든 국민은 나이, 성별, 장애, 사회적 신분, 경제적 여건, 신체적 조건, 거주 지역 등에 관계없이 자신의 관심과 적성에 따라 평생에 걸쳐 문화예술을 체계적으로 학습하고 교육

받을 수 있는 기회를 균등하게 보장받는다(밑줄 저자)"라고 규정하고 있다. 이와 같은 내용은 교육에 관한 한, 상위 모법이라고 할 수 있는 교육기본법 제3조 "모든 국민은 평생에 걸쳐 학습하고, 능력과 적성에 따라 교육받을 권리를 가진다."라는 학습권 규정과 제4조 "모든 국민은 성별, 종교, 신념, 사회적 신분, 경제적 지위 또는 신체적 조건 등을 이유로 교육에 있어서 차별을 받지 아니한다"라는 교육의 기회균등의 규정과 일치하고 있다. 이상과 같이 교육과 관련한 법구성과 규정에 의해 해석하였을 때, 문화예술교육은 이미 평생교육과의 밀접한 관계를 가지고 있다.

그리고 그 내용에 있어서도 개방형 교육, 학습권 중심의 교육, 삶의 질 향상을 위한 교육이라는 점에서 일치하고 있다. 이는 기존 학교교육이 폐쇄형종점교육이며 학력 중심의 교육이라는 점과 대비된다. 이를 통하여 우리는 문화예술교육이란 학교교육과 달리 문화예술을 통하여 삶의 질을 개선하기 위하여 국민 누구나가 자유롭게 선택할 수 있는 일종 평생학습활동을 의미함을 알 수 있다. 이 점에 있어 한국문화예술교육진흥원의 문화예술교육사업은 그것이 학교문화예술교육이든 사회문화예술교육이든 학교교육과 달리, 누구나 선택할 수 있고, 교육권이 아닌 학습권 중심의, 삶의 질을 향상하기 위한 교육활동임을 알 수 있다.

그러나 예술강사 지원사업의 경우, 일부의 활동이 학교 정규교육과정 속에 포함되고 있다는 점을 고려하였을 때, 일괄적으로 학교교육과 대비된 학교 외 교육(평생교육)이라고 규정하기에는 어려움이 있다. 그러나 그와 같은 경우라고 하더라도, 재량활동과 선택교과목으로 운영되는 학교교육에서 차지하는 비중이 그다지 높지 않다는 점을 고려하고, 그 낮은 비중의 활동 역시 그 과정을 통하여 일정한 자격이나 학력을 인정받는 구조가 아니라는 점을 고려한다면 위에서 정의한 바가 크게 달라질 것도 없다.

결국 이러한 점을 종합적으로 고려하여 판단하였을 때, 문화예술교육을 평생교육의 측면에서 정의하자면, 문화예술을 통하여 삶의 질을 향상하기 위하여 누구나 언제든지 선택하여 학습할 수 있는 학교 정규과정 외 교육활동 일체를 의미한다.

지역기반 문화예술교육 활성화 기본방향
‒ 대구지역을 중심으로 ‒

Ⅰ. 서론

'문화예술교육'이 광범위하게 적용되기 시작한 지 5년이 되었다. 그 이전에도 국악 강사 등 현재의 관점으로 보자면 문화예술교육이라고 할 수 있는 교육활동이 있었지만, 문화예술교육이라는 말로 정책활동이 된 것은 문화예술교육지원법이 제정되고 문화예술교육진흥원이 발족된 2005년을 기준으로 해야 할 것이다. 그 동안 학교문화예술교육사업, 사회문화예술교육사업, 문화예술교육 전문인력 양성사업 등에 다양한 발전이 있었고, 또 대구를 포함하여 전국 12개의 광역지역문화예술교육센터가 발족되어 이제 본격적으로 문화예술교육이 지역의 특성과 환경에 부합한 문화운동으로 전개될 시점에 도달했다.

여기서 문화예술교육을 '문화운동'이라고 지칭한 것은 문화예술교육이 종전의 예술교육의 한계를 뛰어넘고자 했던 초기 문화예술교육의 방향을 염두에 둔 것이다.[1] 초기 문화예술교육은 문화민주주의, 문화권(cultural right), 문화에 대한 권리(right to culture), 문화 리터러시(culture literacy), 문화복지, 창의성 교육 등의 가치체계에 뿌리를 둔 것이라는 것은 누구도 부인할 수 없는 사실이다. 단지 예술계 대학 졸업생들의 생계보장, 미래의 예술 전공자 양성, 혹은 잠재적 예술 소비자 개발 등만을 위한 것은 아니었다.

이러한 측면에서 본다면 각 지역별로 발족되기 시작한 지역문화예술교육센터의 역할을 자못 중요하다. 즉 지역을 거점으로 삼아, 지역의 문화적 특성을 고려한 문화예술교육사업을 통하여 지역을 건강하고 발전적인 문화지형도를 지향하는 문화운동의 공식기구이기 때문이다. 지금까지 문화예술교육진흥원의 사업이 학교 및 사회시설, 그리고 문화기반시설을 기반으로 이루졌다면, 이제는 지역을 기반으로 본격적인 문화예술교육사업이 전개될 시점이 된 것이다. 그리고 그것이 지금까지 행해졌던 어떤 사업보다도 가장 근접한 문화예술교육 정책방향이라고 할 수 있다.

---

1) 문화예술교육지원법 제1조에 나타난 문화예술교육의 목적이 '국민의 문화적 삶의 질 향상'이라는 점이 이러한 상황을 반영하고 있으며, 2007년에 발간된 『2006문화예술교육정책백서』에서 문화예술교육의 의의를 설명하는 다음과 같은 말이 이를 증명한다.
"한국적 상황에서 예술교육은 전통적으로 음악, 미술 등 각 장르별 실기교육을 지칭하는 것으로 협소하게 이해된 측면이 강했다. 아울러 2000년을 전후로 하여 국내에서 논의되기 시작한 문화교육의 측면은 서구적 개념의 예술교육으로 담아내는데 한계가 있었다. ....(중략)... 기능적으로 특정한 기량을 익히는 것에서 탈피하여 광범위하고 다양한 형태의 문화예술교육 경험을 할 수 있도록 하는 것에 중점을 두고 있다. 이른바 체험적 교육을 중심으로 방향을 설정한 것이다." p. 24-25

대구는 과거 한국정치의 중심도시이었으며, 문화와 교육의 중심도
시였으나, 차츰 그 위상이 하락하여 이제는 인천과 울산보다 낮은 브
랜드 가치를 가진 도시가 되었다(각주 2 참조). 이러한 현실을 극복
하는 길, 단순히 정치적 위상을 높이고 대기업 몇 개를 지역에 유치
하는 일만으로 이뤄지는 것은 아니다. 오히려 그보다는 대구의 문화
적 풍토를 바꾸고, 시민의식을 함양하는 것이 더 중요하다. 긍정적이
고 개방적인 사람들과 도시 분위기, 바로 문화운동으로 이뤄낼 수 있
는 지향점이다. 그리고 그것이 바로 문화예술교육지원법에서 언급한
"국민의 문화적 삶의 질 향상"이다. 그리하여 이것을 지역과 관련지
어 말하자면 대구의 문화예술교육의 목적은 '대구시민의 문화적 삶
의 질 향상'이 된다. 본고는 이러한 관점에서 대구의 문화지형, 혹은
대구라는 지역적 특성을 고려한 대구의 문화예술교육 활성화를 위한
기본방향이 어떻게 설정되어야 하는지 알아보고자 한다.

II. 본론

1. 대구의 현황과 문화예술교육의 방향 설정

1) 대구의 현황

2010년 대구경북연구원이 발표한 『대구의 정체성 정립 및 도시브
랜드 가치 제고 방안』에서 연구의 배경으로 대구의 현실을 압축적으

로 표현했다.

　　그런데 대구의 현실은 어떠한가. 2006년말 산업정책연구
원이 전국 대도시 등 75개 국내 도시를 대상으로 미래경쟁
력을 평가한 결과, 대구는 특별·광역시 가운데 7위를 차지
하였고, 2009년 통계청 발표에 따르면, 2000~2007년 지
역별 연평균 지역내 총생산(GRDP) 성장률은 2.9%로 전국
16개 광역단체 가운데 꼴찌 수준인 것으로 나타났다. 한때
한국 제3의 도시였던 대구는 2007년 현재 도시 브랜드 가
치기준으로 서울(126.9조)-울산(14.8조)-부산(12.5조)-인
천(11.5조)에 이어 제5위로 떨어졌으며, 제6위 도시인 대전
(5.8조)과는 0.3조원 차이에 불과하다(현대경제연구원,
2009). 이러한 수치상의 수치보다도 더 안타까운 것은 인터
넷 상에서 대구를 가리켜 '고담도시'라는 별칭까지 떠돈다
는 사실이다.[2]

　이러한 문제의식을 가지고 대구 및 타지의 내외국인 1,083명을 대
상으로 한 설문조사를 기반으로 하여 도시브랜드 자산을 지수화한
안홀트(Simon Anholt)의 City Brand Hexagon Model에 대입한
결과를 발표하였다.

---

2) 김규원·김영철 외, 『대구의 정체성 정립 및 도시 브랜드 가치 제고 방안』(대구:대구경북
　　연구원, 2010), p. 3.

이에 대한 대안으로 연구자들은 존재감(Presence)은 Glocal 도시 대구, 장소(Place)는 Bridge 대구, 잠재력(Potential)은 Apple 대구, 생동감(Pulse)은 Young 대구, 사람들(People)은 Human 대구, 기본 여건(Prerequisites)은 Learning 대구를 제안하였다. 동시에 현재 대구시가 슬로건으로 사용하고 있는 'Colorful 대구'를 핵심 슬로건으로 사용하면서, 하위개념으로 위의 개념들을 사용하기를 권하고 있다.

〈그림 1〉 안홀트 6P에 의거한 정책적 함의 도출

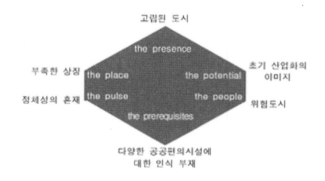

※ 출처: 『대구의 정체성 정립성 정립 및 도시브랜드 가치제고 방안』, 2010

2) 안홀트의 6P와 대구 문화운동의 방향

위 연구서에서 제시한 대안의 6개 개념을 보다 구체적으로 분석하면, 대부분이 문화적 요소와 관계가 깊다는 것을 알 수 있다. 우선 존재감 전략에서 제시한 Glocal 대구에서 연구자들이 제시한 내용 중에 2011대구세계육상선수권대회 등의 국제 스포츠대회 유치 및 성공개최 뿐만 아니라, 국제독립영화제, 국제 e-sports대회, 국제뮤지컬축제 등과 같은 문화행사를 적극적으로 개최하기를 권하고 있다. 또한 장소 전략에서 제시한 Bridge 대구는 상징적 의미에서 이곳에서 저곳으로 연결해준다는 의미[3]외에 물리적으로도 대구의 다리를 이용한 환경 장식, 그리고 다리의 이름도 문화적으로 변경하기를 권하고 있다.[4]

특히 주목되는 것은 잠재력 전략에서 제시한 Apple 대구다. 이미 여론조사에서 대구시의 이미지를 사과와 연결지어 연상하는 사례가 많은 것에 주목하여, 현실과 부합하지 않지만, 잘못된 이미지도 건설적으로 활용할 것을 권하고 있다. 그리하여 사과를 의미하는 영어의 Apple은 뉴턴의 애플, 스티브 잡스의 애플과 같이 과학과 첨단을 연상케 하는 단어라는 것이다. 그리하여 '애플 대구'는 내륙도시라는 이미지를 탈피하여 새롭게 호감을 줄 수 있는 단어가 될 수 있다는 것이다. 이에 따라 대구는 단순히 사과의 도시를 넘어서 자연과 생명, 젊음과 역동성, 친환경적 첨단지식산업 등의 세련된 이미지를 제

---

3) 연구서에서는 계층과 계층의 연결, 전통과 첨단의 연결, 남녀노소의 연결, 수도와 지방의 연결... 등의 안을 제시하고 있다.
4) 연구서에서는 (이상화)시인의 다리, (서상돈)국채보상의 다리, 왕(건)의 다리... 등을 제시하고 있다.

공한다는 것이다. 이에 따라 연구서는 애플축제를 개최하여 젊음, 휴먼, 첨단, 환경 등의 내용으로 하는 젊은이의 축제를 제안하고 있다. 이도 역시 문화적 발상인 것이다. (위 보고서, pp. 86-87)

생동감 전략에서 제시한 Young 대구, 사람들 전략에서 제시한 Human 대구, 기본여건 전략에서 제시한 Learning 대구 등도 문화적 요소를 실질적인 전략도구로 많이 제시하고 있다. 특히 기본여건 전략에서 제시한 Learning 대구는 기반시설로서 도로, 공원, 도서관 등 도시 환경개선사업 외에 21세기 지식기반사회를 대비하는 차원에서 개인 및 집단에게 평생학습사회를 권하고 있는 바, 바로 문화예술교육과 밀접한 관계를 맺고 있다.[5]

이와 같은 내용을 요약해봤을 때, 연구자들은 대구의 정체성 정립 및 도시브랜드 가치를 제고하기 위해서는 광범위한 범위 내에서 문화적 활동을 권하고 있다. 이와 같이 결론이 문화적 활동 혹은 운동으로 귀결되는 이유는 '정체성'이라는 말이 "지리학적 공간으로 보는 것을 넘어서 사회적 공간으로 확대하여 인식하는 데서 출발"하기 때문이다.[6]

또한 이는 근래에 들어 확산되고 있는 도시마케팅에서 도시브랜드

---

5) 최현묵, 「평생교육과 문화예술교육으로서 문화예술교육의 의미」, 『공연예술저널』(서울:한국공연예술연구소, 2008) 참조
6) 위 보고서, p. 11

가치란 결국 '우리' 혹은 '타자'가 공유하는 인식체계라는 점에 비추어, 그 인식체계란 바로 추상적 개념이기 때문이다.

결국 자연발생적으로 형성된 정체성이 아니고, 기획 차원에서 의도적으로 시도하는 정체성 정립 혹은 확보는 결국 구체성보다는 추상적, 사실적보다는 상징적, 정치·경제적 차원보다는 사회·문화적 차원으로 접근을 시도하게 된다는 걸 알 수 있다. 이 지점에서 역으로 생각하면 지역의 문화운동은 단순히 문화의 발전 혹은 중흥만이 아닌, 지역의 미래를 바꾸고 정체성을 확보하는 지역발전의 근본적 활동이 되는 것이다. 문화운동은 바로 '나'와 '우리'를 바꾸고, '타자'로 하여금 새롭게 바뀐 '나와 우리'를 인식케 하는 운동인 셈이다.

3) 문화운동으로서 문화예술교육의 기본방향

① 창의성 교육

문화예술교육의 지향점이 창의성 개발이라는 점은 누구나 인정하고 있는 지점이다. 흔히 예를 들 듯, 영국의 CP(Creative Partnerships), 미국의 창의 아메리카(Creative America)에 이은 도전 아메리카(Challenge America) 등이 지향하는 것도 '예술' 혹은 '교육'을 중점을 두는 것이 아니라, 예술활동을 통한 교육적 효과, 즉 창의력 개발에 목적을 두고 있다.

이와 같은 내용은 우리나라 문화예술교육이 지향하는 지점과도 일치한다. 문화예술교육지원법 제3조 기본원칙 조항에 "문화예술교육은 모든 국민의 문화예술 향유와 창조력 함양을 위한 교육을 지향한다."고 규정하고 있다. 또한 2010년 서울 유네스코 세계문화예술교육대회 슬로건이 "예술은 사회성을, 교육은 창의성을(Arts for Society, Education for Creativity)"이었다는 점도 문화예술교육의 지향점이 어디인가를 명확하게 보여준다.[7]

이와 같은 방향은 지역에서도 분명하게 적용되어야 한다. 예술(인)을 위한 교육, 예술인을 양성하기 위한 교육은 지양되어야 한다. 또 명확한 철학없이 마구잡이로 적용되고 있는 사회적 약자를 위한 문화예술체험 행사도 엄격하게 선별되어야 한다. 문화예술에 대한 접근이 어려운 소외계층을 대상으로 문화예술을 향수·체험하는 것은 정당한 일이나, 그 접근은 다른 방식으로도 가능하다. 꼭 문화예술교육 영역에서 접근할 필요가 없다.[8] 만약 접근한다면 다른 유사사업과 차별화가 있어야 하며, 그것은 단순히 문화향수권이 아닌, 창의적 삶의 태도를 함양하기 위한 치밀한 교육 목적 및 교육안을 가지고 접근해야 한다.

---

7) 2010 유네스코 세계문화예술교육대회에서 채택된 「서울 어젠다 : 예술교육 발전목표」 "목표 1. 전략 1. a 어린이와 청소년의 감성적·미적·인지적·창의적 능력을 조화롭게 계발할 수 있는 근간으로서 예술교육을 주창한다."에서도 이와 같은 맥락을 발견할 수 있다.
8) 소외계층의 문화향수권을 위한 사업으로 문예진흥기금사업 중 '찾아가는 문화마당'과 같은 사업도 있으며, 그 외 보건복지부 등 여타 부처에서 시행하는 사업도 많이 있다.

② 인문학 교육

문화부는 2010년 6월 〈문화예술교육 발전방안〉을 발표하였다. 이 계획에 의하면 그 동안 문화예술교육의 주요 대상을 취약계층에서 전국민으로 확대한다고 선언하면서, 이를 위하여 전국에 기초 거점 센터로서 시민 문화예술학교를 현재 27개소에서 2012년까지 100개 소로 확대하겠다고 하였다. 이 시민문화예술학교는 지역의 문화기반 시설, 복지시설, 주민센터 등과 통합 연계하여 지역 예술인, 출향 저명인사들을 초빙한 재능나눔교육 및 인문학 강좌를 개설하겠다고 밝혔다.

필자가 이 문건에서 주목한 것은 문화예술교육 관련 문서 혹은 연구보고서에서 최초로 나타난 '인문학' 이라는 용어이다. 사실상 인문학은 그간의 문화예술교육의 대상이 아니었다. 예술강사사업에서 보듯 철저하게 순수예술에 한정되어 있었던 게 사실이었다.

그러나 인문학이 교육부의 교육정책에서 문화정책의 범주로 진입할 것이라는 예상은 어느 정도 하고 있었다. 2008년 새정부 문화정책의 중요의제를 개발하기 위한 문화관광부의 '새정부 문화마당 2008' 이란 이름으로 진행된 10회 토론회에서 인문학이 중요의제로 부각하였기 때문이었다. 첫 번째 토론회의 주제가 '자연과학과 인문학의 만남' 이었고 두 번째 주제가 '인문학적 통찰력과 사회과학적 실천력의 조화' 였다. 또 지난 해부터 문화예술교육 세미나에서 인문학이 거론되기 시작했는데, 그 대표적인 사례가 연수문화원(인천시 연수구 기초예술지원센터)이 주최한 '2009문화예술교육 매개자 아카데미'의 제1주제 '인문적 접근을 통한 문화예술교육 지평의 확장'에서 심광현(한국종합예술학교 영상이론과 교수)의 첫 번째 강의 "문화예술교육에서 왜 인문학을 생각해야 하는가?"였다. 또한 실제로 문화예술교육지원센터의 사업으로 진행된 사례도 이미 있다. 대표적인 경우가 부산 문화예술교육지원센터의 '부산인문학 아카데미'와 'CEO를 위한 인문학'이다.

이와 같이 몇 가지 사례로 보나, 향후 문화예술교육정책의 전개방향으로 보나, 인문학을 통한 문화예술교육은 더욱 확산될 것이 분명하다. 이는 인문학이 사회와 인간 존재를 이해하는 학문으로서 사유하고 상상하는 능력을 제공하기 때문이다. 그러므로 문화예술교육이 문화운동으로 발전하기 위해서는 반드시 인문학적 사유와 통찰력을 키우기 위한 인문학 교육과정이 개설되어야 한다.

③ 지역사 및 지역문화 교육

지역의 문화예술교육이 지역과 밀착하기 위해서는 지역의 역사와 문화를 바탕으로 해야 한다. 광역은 광역대로, 기초는 기초대로 해당 지역의 역사와 문화를 이해하고 활용하는 문화예술교육이 된다면, 이보다 훌륭한 정체성 확보는 없을 것이다. 지역의 과거와 현재를 이해하고, 지역의 문화유산과 문화인물의 발자취를 더듬어봄으로써 현재의 나와 우리를 뚜렷하게 인식하게 된다. 그리고 이러한 인식이 바로 지역에 대한 올바른 애정의 출발점이 될 것이다.

현재 초등학교와 중학교 역사 시간에 지역사에 대한 교육과정이 있다. 학생들은 학습자료를 읽고, 때로는 현장을 탐방함으로써 지역에 대한 이해를 기른다. 그러나 시간이 지나면 곧 잊혀진다. 고등학교부터 대학입시에 내몰려 그와 같이 한가한 수업을 할 수 없기 때문이다.

지역사와 지역문화 교육은 오히려 지역에 거주하고 있는 성인들에게 더욱 필요하다. 지역에 있으면서도 지역을 제대로 이해하지 못할 뿐만 아니라, 알고 있다고 해도 거의 피상적이다. 더욱 위험한 것은 지역의 언론이나 사회단체들이 주장하는 과장된 정보만을 진실인 양 알고 있는 것이다. 또 때로는 부정적이고 수치스런 사실을 외면하는 것이다. 국채보상운동을 주창했던 주요 인물들의 말년 행적을 아는 것은 수치스럽지만 동시에 분명하고도 냉철한 역사적 교훈을 준다. 또한 근현대의 대구 지역의 역사와 문화도 정확하게 이해해야 한다. 그래야 대구를 정확하게 알 수 있고, 그래야 진정한 애정이 생기는 것이다.

지역의 예술강사도 지역문화를 알아야 한다. 단순히 문화유산의 흔적을 이해하는 것이 아니라, 근현대를 통해 지역에서 활동했던 문화예술계 인물들의 정신과 고뇌를 통해 오늘날 자신들이 실천해야 할 일을 깨닫는 것이 중요하다. 특히 본인들 장르의 선배와 선생들의 공과를 정확하게 이해할 때, 예술을 통한 새로운 도전을 도모할 수 있을 것이며, 교육현장에서도 올바른 교육자 자세를 지킬 수 있을 것이다.

④ 문화시민 교육

시대에 따라 시민사회를 바라보는 시각은 변했지만[9], 오늘날 우리나라에서 시민사회를 바라보는 시각은 긍정적인 시각과 부정적인 시각이 양립하고 있는 편이다. 소위 운동권의 아류라고 폄하하는 시각과 민주적 가치를 실현하는 제3의 영역이라고 존중하는 시각이다. 최근 정치권에 대한 입장에 따라 보수와 진보의 이익과 입장을 선전하는 시민단체의 출몰 등으로 인하여 이러한 혼란은 더욱 가속되고 있는 상황이다.

모름지기 갈등에는 그에 따른 비용이 발생한다. 종교, 민족, 이념 갈등은 그 자체로 끝나지 않고 사회의 분열과 국가의 경쟁력을 떨어뜨릴 뿐만 아니라, 그 자체로도 수많은 인적 물적 비용에 소모된다. 이러한 비용은 결국 그 사회와 국가가 부담하게 되며, 그 출처는 국민이다. 진정한 의미에서 시민사회는 갈등의 가능성을 사전에 조율

---

9) 그리스 · 로마시대의 시민사회는 국각권력과 동일했다. 그들이 곧 국가이자 권력이었다. 그러한 특성은 초기 도시국가형태였을 때, 더욱 두드러졌으며 차차 제국으로 발전해가면서 약해졌다. 반면 중세 시대 시민사회는 철저히 국가 권력과 절연된, 교회 공동체였다. 근대적 의미는 시민은 자본주의의 발달에 따라 국가권력을 견제하는 자본주의자들의 입장으로부터 시작하여 개인의 이익에만 몰입하는 경제 주체에 대한 비판이 대두하기도 했다.

하여 갈등비용을 최소화하는 장치이다. 일반대중이 미처 깨닫지 못하는 위협요소를 사전에 경고할 뿐만 아니라, 그에 대한 대비책을 세우기도 한다. 즉 특정단체의 이익을 대변하는 사단법인이 아니다. 철저하게 공공의 영역에 서있는 것이다. 그런 의미에서 하버마스는 시민사회를 국가 권력과 시장경제 양자의 위협을 모두 견제하는 민주적 공공영역이라고 정의한 것이다.

이러한 측면을 문화에 적용할 수도 있을 것이다. 문화정책 생산자(대구시, 대구문화재단)와 문화예술 생산자(예총, 민예총... 등 예술가) 사이의 제3의 영역이다. 일종의 NGO, 혹은 거버넌스(Governance) 형태의 문화향수자들의 집단이다. 이들 시민의 문화적 권리, 혹은 문화복지에 대한 정당한 요구를 문화정책 생산자에게 할 수도 있고, 문화예술 생산자들에게 질높은 문화예술 혹은 시민을 위한 문화예술 활동을 주문할 수 있다. 때로는 오히려 자신들이 생각하는 문화예술의 형식과 내용을 창작할 수도 있다.

그러기 위해서는 이와 같은 역할을 수행할 수 있는 기초적인 소양을 함양해야 한다. 또 의무감도 가져야 한다. 이러한 소양과 의무감은 시민사회가 성숙해지면서 자연스럽게 배양될 수도 있겠지만, 때에 따라서는 오히려 그와 같은 소양이 배태될 수 있도록 여건을 만들어주는 것도 필요하다. 지역의 문화예술교육지원센터는 바로 이와 같은 역할도 수행해야 한다고 확신한다.

2. 대구 문화예술교육 활성화를 위한 운영 방안

1) 네크워크 구성

① 기초문화예술지원센터 구성

2010년 6월에 발표한 문화부의 '문화예술교육 발전방안'에 언급한 시민문화예술학교는 다름아닌 기초문화예술교육지원센터를 의미하는 것으로 보인다. 현재 27개소에서 2012년까지 100개소로 확대하겠다는 계획을 밝혔는 바, 이 기회에 대구도 각 구군별로 기초문화예술지원센터를 구축해야 한다. 문화기반시설, 복지시설, 주민센터 등과 연계하겠다는 것이 문화부의 구상인데, 오히려 먼저 대구문화예술교육지원센터가 주도하여 상호 업무협조가 잘 이뤄질 수 있는 곳으로 선정하여 bottom-up 방식으로 구축하는 것이 바람직할 것으로 보인다.

우선 생각하기에 문화기반시설을 선정하는 것이 바람직할 것으로 보이나, 반드시 그런 것만이 아닐 것이라는 판단이 든다. 이미 각 구군의 문화기반시설들은 독자적으로 문화예술 아카데미를 유료로 진행하고 있으며, 시설도 포화상태이다. 필자의 의견으로는 오히려 주민자치센터를 활용하는 것이 더 바람직할 것으로 보인다. 각 동별로 구성되어 있는 주민자치센터를 하나의 연합회 형식으로 구성한 후, 거점 지역을 선정하여 문화예술교육을 진행하는 것이 구청 및 동의

협조를 받기에도 수월하고, 또 훨씬 더 주민친화형으로 발전할 수 있기 때문이다.

② 대학-문화기반시설-문화예술교육지원센터 협의회 구성

위에서 문화기반시설을 기초문화예술지원센터로 지정하지 않는 반면, 오히려 문화기반시설은 대학과 광역문화예술교육지원센터 간의 3각체 협의회로 포함시키는 것이 바람직할 것으로 판단된다. 이 협의체를 통하여 문화예술교육 전문인력 양성, 콘텐츠 개발, 지역문화예술교육정책 개발 등의 보다 전문적이고 실질적인 정책협의체로 발전시킬 수 있을 것이다.

이 정책협의체를 통하여 문화예술 전문인력 양성과 관련한 대학 컬리큐럼의 개설을 요구할 수도 있을 것이며, 문화기반시설 주도의 특정 장르의 문화예술 전문인력 아카데미 개설도 요구할 수 있을 것이다. 물론 문화예술교육지원센터는 이러한 활동에 연속성과 정책적 기반을 제공해야 할 것이다.

③ 문화예술교육 포럼

문화예술교육 포럼은 위에서 언급한 네트워크에 포함되지 않은 여타의 사회단체 및 개인을 아우르는 형태의 문화시민단체 형식을 말한다. 물론 일반시민도 해당된다. 문화예술교육을 통해 지역의 문화를 발전시키고 변화시키고자 하는 열정과 관심만 있으면 회원의 자격이 주어지는 개방형 형태가 되는 것이 좋다.

이들 회원을 대상으로 문화예술교육지원센터는 문화시민 교육도 실시하고, 문화재단에서 가동하고 있는 문화예술 지원사업에 대한 모니터링에 시민 모니터로 활용할 수도 있다. 지금처럼 단순 모니터링이 아닌, 포럼 자체의 분석과 결과를 제시하여 시민의 이름으로 평가 결과를 발표하는 것도 의미있는 작업이 될 것이다. 동시에 시민들이 원하는 문화예술교육을 역으로 지원센터에 요구할 수도 있다.

2) 대구 문화예술교육 활성화를 위한 종합계획 수립

무엇보다 중요한 것이 대구 지역을 대상으로 하는 문화예술교육 활성화를 위한 종합계획을 수립하는 것이다. 지금처럼 중앙정부에서 쏟아져 내려오는 정책지침을 중구난방으로 실행만 하고 있는 것은 위험하다. 정확한 맥락과 필요한 부분에 대한 검토와 분석 없이 단발성 사업만으로 문화예술교육을 활성화할 수는 없다. 대구만의 문화예술교육의 필요성과 방향을 설정하여, 중앙정부의 정책과 지방의 요구를 절충과 조율을 거친 사업 시행, 그리고 오히려 지역에서 필요한 사업을 기획하여 중앙정부에 요구하는 자세가 필요하다.

종합계획은 지역의 문화예술교육 관련자 뿐만 아니라, 중앙 단위의 전문가들이 포함한 위원들을 중심으로 지역적 특색을 살리는 방향으로 추진되어야 한다. 지역의 현실을 바탕으로 하되, 중앙정부 단위의 정책 흐름과 동조시켜야 하기 때문이다. 아직까지 문화예술교육에 대한 정책방향은 늘 유동적이고 급변하는 상황이기에 더욱 그렇다.

　종합계획에는 중장기 계획은 물론 단기계획을 포함하여야 하며, 각 계획별로 분명한 목적과 예측가능하고 달성할 수 있는 목표가 설정되어야 한다. 물론 그에 따른 대구문화예술교육의 미션과 비전이 제시되어야 한다.종합계획에는 구체적인 매뉴얼 작성에 대한 방안을 제시하여야 하며, 교육내용(콘텐츠) 제작에 대한 구체적인 방향과 방법도 제시해야 한다.

　지역 특색에 맞는 교육내용과 콘텐츠가 결국 대구만의 문화예술교육의 정체성을 결정짓기 때문이다. 종합계획에 그 구체적인 내용이 제시될 수는 없겠지만 기본적인 방향과 교육내용을 작성하는 방안과 방법은 제시되어야 총괄적인 기획의도, 즉 문화예술교육을 통한 지역 내 문화운동의 실천이 가능해지기 때문이다.

　종합계획에는 반드시 문화예술교육 단위사업에 대한 평가 및 환류 체계에 대한 방안도 제시되어야 한다. 동시에 평가지표에 대한 큰틀에서의 방안도 제시되어야 한다. 평가지표는 추상적이거나 막연한 것이 아닌, 분명하게 드러날 수 있고 측정가능한 지표가 많을수록 좋다. 그리고 대구 문화예술교육의 방향성에 일치시키도록 노력해야 한다. 단순히 사업평가 혹은 교육평가가 아닌, 대구만의 문화예술교육이 지향하는 목적과 비전이 실현될 수 있는 방향으로 구성되어야 한다.

III. 결론

2006년 프랑스 정부는 국민총생산액(GNP)에 대한 의미있는 통계 결과를 제시했다. 지난 10년간 문화예술 분야에 원천기술을 가진 장인들의 비율이 꾸준히 늘었다는 것이다. 미술, 음악 등 전통적인 공연예술 뿐만 아니라 목공예, 유리공예, 디자인, 인테리어와 같은 장인들의 수입이 화이트칼라 노동자보다 많았던 것이었다. 프랑스 정부는 이 통계의 이유로 1980년대부터 공교육 내 예술교육 활성화 정책의 결과라고 밝혔다.[10]

이것이 의미하는 바는 청소년에 대한 문화예술교육(창의력 교육)이 개인 뿐만 아니라 국가의 경쟁력까지 향상시킨다는 것이다. 굳이 이와 같은 실증적인 예를 들지 않아도 문화예술교육을 통해서 얻어지는 효과는 국민의 문화적 삶, 혹은 행복지수 향상에 크게 기여한다는 것을 부정할 사람은 많지 않을 것이다.

현재 대구는 과거의 정치 · 사회 · 경제의 중심도시에서 변방의 도시로 추락하고 있다. 경제적 수치 뿐만 아니라 도시 이미지도 보수 · 고립 · 낙후의 이미지를 벗어나지 못하고 있다. 이와 같은 상황은 도시브랜드 가치의 하락으로 이어지고, 연속적으로 도시 경쟁력의 낙

---

10) 이동연, 『예술교육을 넘어서』, (서울:한길아트, 2008), pp. 19-20

후로 이어지고 있는 형편이다. 이러한 상황을 벗어나기 위해서는 정치 · 경제와 같은 실질적인 분야에서 노력도 필요하지만 사회 · 문화적인 분위기 쇄신과 시민의식 개선이 필요한 상황이다.

이러한 사회 · 문화적 분위기 쇄신이 다름아닌 문화운동이다. 그리고 그 문화운동의 출발지로 필자는 문화예술교육이라고 확신한다. 더욱이 이 분야는 중앙정부의 정책방향일 뿐만 아니라, 그 구심점 역할을 수행할 수 있는 대구문화예술교육지원센터까지 설립되었기 때문에 그 기반과 동력을 확보한 셈이기에 더욱 그렇다.

문제는 그 기반과 동력을 구체적으로 어떤 방향으로 어떤 전략을 가지고 추진할 것인가 하는 것이다. 문화예술교육을 단지 장르적 기능연마에 머물게 한다거나, 예술계 대학 졸업생들의 사회적 일자리 창출에 초점을 맞춘다면 그 의미와 동력은 머지 않아 상실할 것이다. 대구라는 사회 전반을 변화시키는 데 일정 수준의 역할을 할 수 있는 문화운동 차원의 문화예술교육이 나아가야 진정한 가치를 획득할 수 있다고 단언한다.

이에 이와 같은 가치 지향점을 달성하기 위해서는 최우선적으로 가칭 '대구 문화예술교육 활성화를 위한 종합계획'이 수립되어 그 로드맵에 따른 점진적인 정책 수립과 시행이 뒤따라야 한다고 믿는다. 그리고 광범위와 동력과 시민들의 지지를 받기 위한 수직 · 수평적 네트워크를 구성해야 할 뿐만 아니라, 그 내용에 있어서도 단순 예술교육 뿐만 아니라 인문학, 지역사, 지역문화사와 같은 지역 친화적인 문화교육이 병행되어야 한다.

　대구의 슬로건은 'Colorful 대구'다. 어떤 연구보고서에서 대구가 슬로건으로 '컬러풀'을 선택한 것은 컬러풀하지 못해서라고 하였다. 또 다른 측면에서 보자면 컬러풀을 지향하기 위해서일 수도 있다. 컬러풀이란 다름아닌 다양성을 상징한다. 다양한 가치를 인정하고 용인하여 모든 차이가 오히려 조화를 이루는 도시, 그런 의미에서 컬러풀은 대구에 꼭 필요한 슬로건이 된다.

　컬러풀한 도시 대구, 바로 대구 문화예술교육이라는 문화운동을 통해 꼭 이루어야 할 대구의 미래상이다.

참여정부 문화예술교육정책의 성과와 과제

1. 들어가며

　문화예술교육정책은 참여정부의 문화정책 중 대표적인 정책이며, 또 그 성과 역시 크다.[1] 전문가 중심의 예술교육에서 일반인과 취약계층을 위한 문화예술교육으로의 전환은, '예술을 위한 교육'이 아닌 '예술을 통한 교육'으로 전환한 것을 의미한다. 이를 통하여 참여정부는 '국민의 문화적 삶의 질 향상과 국가의 문화 역량 강화'를 이루고자 하였다.

　새로운 정부가 출발한 이 시점, 그 정책의 결과를 점검하고 문제점과 과제를 도출하는 것은 보다 나은 문화정책의 방향과 틀을 잡는 데

---

1) "참여정부 문화정책의 가장 두드러진 특징을 가장 잘 보여주는 사례 중 하나를 꼽으라면 아마도 문화예술교육정책의 수립...." 이동연. 「문화예술교육, 그 이념과 가치」. 「문화예술교육 4차 포럼」 발제문. "문화예술교육은 사업의 참신성 못지않게 다양한 성과를 가졌다." 전고필. 「문화예술교육 정책효과의 평가와 전망」. 위의 책.

절대 필요한 일이다. 이에, 지난 5년의 문화예술교육정책의 과정을
되짚어보고, 또 그 성과를 정리하고자 한다. 그런 바탕 위에 더할 일
과 뺄 일을 챙겨보고, 또 향후 새롭게 전개할 필요가 있는 정책과제
를 찾아보자.

2. 문화예술교육정책의 경과

문화관광부와 한국문화예술교육진흥원은 『2006문화예술교육 정
책백서』에서 문화예술교육의 정책에 대한 제도적 접근은 2002년 한
국예술경영학회가 마련한 문화예술교육진흥법안으로부터 잡고 있
다. 그러나 이에 대한 논의는 그 이전부터 문화연대 등의 시민사회에
서 주장한 문화운동 혹은 교육운동과 깊은 관계가 있다.

하여간 문화예술교육정책의 실질적인 출발은 2003년 문화행정혁
신위원회 내에 구성된 문화예술교육TF로부터 시작한다. 이를 통하
여 「지역사회 문화기반시설과 학교 간 연계체제 구축을 통한 문화예
술교육 활성화 추진계획」이 발표되었다. 이 추진계획에 따라 2004
년 1월 「문화예술교육 활성화 종합계획 수립 중간보고 및 04년도 시
범사업 추진계획」이 발표되었고, 이로써 실질적인 정책사업 영역으
로 편입되었다. 또한 이 시기에 문화관광부 내에 문화예술교육팀이
라는 직제가 설치되기도 하였다. 이어 2004년 11월에 「문화예술교

육 활성화 종합계획」을 발표하였다. 주목할만한 것은 이 종합계획에서 문화예술교육의 정책 비전으로 '개개인의 문화적 삶의 향상'과 '사회의 문화 역량 강화'가 제시되었는데, 이 두 개의 축이 이후 문화예술교육정책의 기본적인 뼈대로 자리잡게 되었다. 이 종합계획에 의거 2005년 2월에 한국문화예술교육 진흥원이 설립되었고, 12월에 문화예술교육 지원법이 제정되어 오늘에 이르고 있다.

이를 통하여 알 수 있듯이 문화예술교육사업은 그 이전 2004년부터 시행되어 왔으나, 법률에 근거한 본격적인 문화예술교육사업은 2006년부터이며, 이 사업의 중심에 한국문화예술교육 진흥원이 있다.

3. 2006년의 문화예술교육정책의 성과

2007년의 문화예술교육정책에 대한 공식적인 결과가 아직 발표되지 않았으므로, 2006년의 문화예술교육정책의 결과를 중심으로 그 성과를 알아보고자 한다. 그리고 내용은 크게 두 가지, 즉 학교문화예술교육과 사회문화예술교육으로 나누어 살펴보았다. 그러나 문화예술교육정책과 관련하여 전문인력 양성과 기반 조성 사업에 대해서는 생략하였다.

1) 학교문화예술교육

(1) 예술 강사 파견사업

2006년 학교문화예술교육사업을 위한 예술강사 지원사업은 초·중등학교 2,445개교에 총 1,431명이 파견되었으며, 예산은 국비 80억 원과 지방비 25억 원이 지원되었다.

〈표 1〉 2006년 예술강사 및 파견학교 현황

분야	강사수(명)			학교수(개교)		
	신청	선정	파견	신청	선정	파견
국악	1,852	809	742	2,363	1,812	1,812
연극	487	359	326	614	274	274
영화	158	105	113	154	110	109
무용	396	154	150	508	150	150
만화·애니메이션	196	109	100	288	100	100
계	3,089	1,536	1,431	3,927	2,446	2,445

※ 출처 : 『2006문화정책백서』

그러나 2007년 한국문화예술교육 진흥원의 『예술강사지원사업평가연구보고서』에 의하면 사업고객이나 이해관계인 만족도가 66.51점으로 나온 것으로 판단하였을 때, 그 구체적인 교육방식이나 정책추진 과정에 좀더 세밀한 노력이 필요하다는 점을 알 수 있다. 이와같은 결과의 원인으로는 동 보고서에 의하면 계획, 집행, 성과, 환류의 영역 중 총40점이 배정된 계획단계에서 26점으로 나온 것으로 판단하였을 때[2], 사업에 대한 보다 치밀하고 현실성 있는 계획과 준비가 필요하다는 것을 알 수 있다. 또한 동 보고서에서는 실행영역에서 이해관계인 만족도 제고를 위한 관리적소로 충분한 수업시간, 기자재 지원, 학교 선생의 도움 등을 지적하였다.

(2) 학교-지역사회 연계 문화예술교육

교육인적자원부(현재 교육과학기술부)와 공동 추진된 이 사업은 총 60개 단체에 국고 26.8억 원, 지방비 27.38억 원이 지원되었다.

〈표 2〉 학교-지역사회 연계 문화예술교육 시범사업 참여 규모

구분	수혜자수 (명)				프로그램보급건수(개)			
	2005	2006	2007	합계	2005	2006	2007	합계
문화부	114,267	117,118	88,447	319,832	323	315	368	1,006
교육부	93,012	110,368	61,997	265,377	287	228	259	674
합계	207,279	227,486	150,444	585,209	510	543	627	1,053
구분	참여학교수(개)				강사수(명)			
	2005	2006	2007	합계	2005	2006	2007	합계
문화부	350	382	453	1,185	468	393	382	1,243
교육부	371	268	386	1,025	418	407	370	1,195
합계	721	650	839	2,210	886	800	752	1,686

※ 출처 : 「08 지역사회연계 문화예술교육 세미나 자료집」

---

2) 계획영역 26/40, 집행영역 26/30, 성과영역 9/15, 환류영역 11/15 ※ 결과/배정

〈표 3〉 학교–지역사회 연계 문화예술교육 시 · 도별 운영단체 현황

	서울	부산	대구	인천	광주	대전	울산	경기	계
문화부	2	1	1	2	1	1	–	7	15
교육부	2	1	1	2	–	–	–	5	11
	강원	충북	충남	전북	전남	경북	경남	제주	계
문화부	3	2	3	3	2	1	1	–	15
교육부	4	1	–	2	4	3	3	2	19

※ 출처 : 『2006 문화정책백서』

이 사업에 대하여 우주희(2008)는 「3개년 사업이 지역, 학교, 학생에 미친 영향」에서 지역사회 연계 학교문화예술교육 시범사업이 개인, 단체, 지역사회에 영향력을 주었다는 조사결과를 발표하였다.[3]

위의 보고서에서 시범사업을 인지하는 집단이 인지하지 못한 집단보다 만족도와 기여가 높았으며, 환경 차원에서는 대도시보다는 농어촌이, 중 · 고등학교보다는 초등학교가 높았다는 분석을 제시하였다. 또한 동 사업을 실시 여부에 따라 집단과 지역의 문화 역량이 강화되었다는 분석도 동시에 제시하였다.

---

3) 한국문화예술교육진흥원. 「지역사회 연계 학교문화예술교육 세미나 자료집」. 2008. 3. 21 이 자료집에는 구체적이고 계량화되어 있는 수치는 제시하지 않고, 위와 같은 결론만 제시하였다. 구체적인 보고서는 미확보.

이와 같은 보고서가 의미하는 바는 현단계 사회문화예술교육에서 제외하고 있는 일반 국민들에게 제공하지 못하고 있는 문화예술교육의 필요성을 나타낸 것으로, 이에 대한 제안은 결론부에 제시하겠다.

2) 사회문화예술교육

(1) 문화기반시설 사회문화예술교육

여기서 문화기반시설은 문예회관, 문화의 집, 박물관과 미술관에 해당된다. 복권기금을 재원으로 하여 추진된 본 사업은 문예회관의 경우, 2006년에 약 25억원의 예산이 지원되었으며, 참여한 문예회관은 71개, 프로그램은 60개 정도가 되었다. 문화의 집의 경우에도 2006년에 복권기금으로 약 9억 원 정도가 지원되었으며, 참여한 문화의 집은 91개, 프로그램은 202개였다. 박물관과 미술관의 경우에는 주로 연계된 연구학교를 중심으로 정책 연구 중심으로 추진되었으나, 그 예산 지원이나 결과는 미미하다.[4]

그러나 이 사업은 2006년을 기점으로 중앙정부의 지원은 중단되었다. 이후 이와 관련한 사업은 문예회관이나 문화의 집 모두 해당 지자체와 기반시설의 의지 여부에 따라 지속적인 사업 추진의 존폐가 달려 있는 셈이다.

---

4) 박물관과 미술관을 기반시설로 하는 문화예술교육에 대한 예산과 구체적인 실적 등의 자료가 『2006문화정책백서』, 『2006문화예술교육정책백서』 등에 나타나 있지 않다.

(2) 대상별 사회문화예술교육

대상별 사회문화예술교육은 대체로 사회적 취약계층을 대상으로 하여 문화기본권을 향유할 수 있도록 추진되고 있는 문화예술교육사업이며, 그 대상은 아동복지시설 아동, 노인, 장애인, 교정시설 수용자, 소년원학교 원생, 군인, 여성 결혼 이민자 등이 이에 해당된다. 이 사업 역시 2006년의 경우, 복권기금으로 약 62.2억원의 예산이 지원되었다.

〈표 4〉 사회문화예술교육 연도별 지원 예산

사업명	재원 형태	2004 년	2005 년	2006 년	06년대비 증가분 (D=C-A)
사회문화예술교육프로그램 개발·운영 지원사업	국고	–	26	–	(–)26
예술치료 지원사업	국고	–	1.5	–	(–)1.5
아동복지시설 문화예술교육 지원사업	복권기금	50	35	35	(–)1.5
노인·장애인 문화예술교육 지원사업	″			15	15
사회문화예술교육 활성화 지원사업	″			12.25	12.25
계				62.25	62.25

※ 출처 : 『2006문화예술교육정책백서』

〈표4〉에 나타나 있는 사회문화예술교육 활성화 지원사업이란 교정시설 수용자, 소년원, 군인, 여성결혼 이민자 등을 대상으로 하는, 일종의 사회적 취약계층을 대상으로 하는 사회문화예술교육사업이다.

　『2006문화예술진흥기금사업 평가』에 의하면 평가 대상 17개 사업 중 아동복지시설 문화예술교육 지원사업은 78점, 노인 · 장애인 문화예술교육 지원사업은 80점, 사회문화예술교육 활성화 지원사업은 91점으로 나왔다. 이는 나머지 사업과 비교하였을 때 비교적 효과적인 사업이었음을 의미한다. 위의 책에 의하면 사업에 대한 이해관계자와 수혜자의 만족도 역시 높게 나왔다.[5]

　이와 같은 결과는 2007년 사업에 대한 평가에서도 나타났다. 임학순은 '사회적 취약계층 문화예술교육 지원사업의 성과평가 및 정책적 시사점'(문화예술교육 진흥원, 「문화예술 4차 포럼」 자료집)에서 학습자의 만족도는 전반적으로 높으며, 강사들의 만족도는 열정과 참여의지는 높으나 고용의 불안전성에 대하여 불만이 높았고, 본 사업이 효과적으로 추진되기 위해서는 조직 및 인력 간의 협력 네트워크가 필요하다고 결론을 맺고 있다.

---

5) 아동복지시설 문화예술교육 지원사업 매우 만족 53.5%, 다소 만족 40%, 노인 · 장애인 문화예술교육 지원사업 매우 만족 25.8%, 다소 만족 35.5%, 사회문화예술교육 활성화 지원사업 만족도 조사 결과 없음.

4. 과제 및 제안

　현단계 문화예술교육은 공교육에서 소외되고 있는 예능교육에 대한 대안적 성격(학교문화예술교육)과 사회적 취약계층에 대한 문화기본권 향유의 성격(사회문화예술교육)이 강하다. 그러나 문화예술교육의 목적 "국민의 문화적 삶의 질 향상"이라는 측면을 고려하였을 때, 일반 국민에 대한 정책적 접근이 부족하였다. 또한 "국가의 문화 역량 강화"라는 측면을 고려하였을 때에는 국가의 미래 발전을 도모하기 위한 전향적이고도 창의적인 문화와 예술에 대한 이해나 발전을 위한 교육적 시도가 부족하였다.

　'문화적 삶의 질'이 문화복지라는 개념으로 읽혀진다면, 여기서 복지는 '자선'이 아닌 '정의'의 개념이며, 나아가 '문화권' 혹은 '문화에 대한 권리'와 일맥상통하기 마련이다. 물론 사회적 취약계층의 국민들에게 이와 같은 권리가 우선적으로 제공되어야 한다는 점은 인정한다. 그러나 '그것만은 아니다'라는 점이다. 때문에 이제 문화예술교육은 평생교육과 같은 입장에서 일반인과 다양한 계층에게 문화와 예술에 대한 이해와 관심을 촉발할 수 있는 역할을 수행해야 할 것이다.

　문화예술교육이 문화예술계 종사자들에 대한 '사회적 일자리 창출'이라는 긍정적 측면을 제공하였음을 부인할 수 없다. 그러나 그

것이 임시직이거나 비정규직에 한정되어 있다는 점에서 장기적인 문화예술교육의 발전을 도모하기 어렵다. 문화예술교육에 대한 전문성이 수혜자의 만족도와 직접적인 관계가 있다는 점을 고려하였을 때, 문화예술교육에 대한 지속적인 연구와 경험이 축적될 수 있는 환경이 조성되어야 한다. 이를 위하여 과거 검토된 바 있었던 문화복지사 제도를 다시 검토할 필요가 있다. 특히 사회적 취약계층에 대한 문화예술교육이 그들의 삶의 활력과 기쁨을 줄 수 있다는 점, 이러한 만족감이 국가와 시대에 대한 긍정적 동력이 될 수 있다는 점을 인식할 필요가 있다. 그러기 위해서는 사회복지사에 못지않게 문화복지사의 사회적 필요성이 높다.

그러나 문화복지사 혹은 문화예술교육이 문화예술에 대한 전문적 이해만을 요구하는 것이 아니다. 이는 '예술을 위한 교육'이 아닌 '예술을 통한 교육'이기 때문이다. 그렇기 때문에 문화예술교육 전문가(혹은 문화복지사)는 문화예술에 대한 이해 뿐만 아닌 교육학, 사회복지학, 심리학 등의 자질을 동시에 요구한다. 때문에 문화예술교육이 뿌리잡기 위해서는 이에 대한 전문적인 교육이 필요하다. 현재 한국문화예술교육 진흥원에서 실시하는 예술강사에 대한 교육 프로그램이 다소 그에 부합하지만. 아직은 미흡하다. 이를 해결하기 위해서는 예술계 대학 정규과정에서 이에 대한 이해와 자질을 향상시켜야 한다.

그러나 현단계 대학의 특성상 과목 개설이 어렵다는 점을 감안하여, 제도적으로 대학에서 강좌 개설이 이뤄질 수 있도록 유도하는 정책이 필요하다. 즉 문화예술교육 전문가 양성을 위한 시범대학 혹은 과정의 설치 혹은 협약이 바로 그것이다. 이와 같은 제도를 통하여 문화예술교육의 전문성과 필요성이 사회적으로 확산되어야만 문화예술교육이 특정 정부의 시혜성 정책이 아닌, 문화국가로 가는 핵심 정책임을 인식하게 될 것이다.

공연예술교육의 현황과 개선방향 연구
– 대학의 연극과 무용 교과목을 중심으로 –

| 서론

　학문적으로 공연예술교육이라는 분야는 없다. 예술교육이 있고, 각 장르별 교육이 있다. 예를 들면 음악교육, 연극교육, 무용교육 등이다. 때문에 공연예술교육은 공연예술이라는 장르에 포함된 예술 형식, 즉 음악(시간예술), 연극과 무용(시공간예술)에 대한 교육 행위 일체를 의미한다. 그리고 그 교육의 목적과 대상 역시 전문가 양성 과정(학교교육)과 일반교양 과정(사회교육) 모두를 포함한다.

　각기 다른 장르의 교육을 '공연예술'이라는 범주에 속했다는 이유 만으로 공연예술교육이라는 이름으로 일반화하기엔 현재로서는 그 이론적 혹은 학문적 근거가 약하다. 그러나 상당히 많은 우리나라의 대학이 공연예술대학 혹은 공연예술학부, 심지어 공연예술학과라는 명칭으로 교육이 진행되고 있다. 인문대학, 경영대학, 공과대학... 등으로 범주화된다는 것은 그 하부 카테고리의 학과들이 상호 연관성을 전제로 하는 것이다. 때문에 현실적으로 공연예술대학, 공연예술학부가 형성되었다는 것은 그 하부 장르의 교육이 서로 관련이 있거나, 있다고 추정되는 것을 전제한다. 그러므로 공연예술교육이라는 용어가 예술교육의 범주로는 묶이지 않지만, 분명 공간예술인 회화나 조형미술과 다른 그 나름의 교육 원리로 묶여 있음을 의미하는 것이다. 특히 단일학과로서 공연예술학과 혹은 공연예술 전공이라는 명칭의 학과는 공연예술이라는 단일한 교육적 목표와 원리를 가지고 있다는 것이며, 또 가지고 있어야 한다.[1]

더구나 이들 학과의 커리큘럼 중에는 공연예술론이라는 과목이 편성된 곳이 많다.[2] 그 내용은 "아리스토텔레스로부터 현대의 포스트모더니즘에 이르기까지 공연예술에 관한 미학적 이론들을 개괄적 수준에서 이해토록"[3] 하는 것으로부터, "제 공연예술의 개별적 특성과 공통적 토대에 대한 여러 이론을 개괄적으로 고찰"[4]하는 것까지 다양하다. 심지어 "가면극, 연극, 영화, 오페라, 음악극, 뮤지컬, 발레, 무용극, 카바레, 거리극, 서커스, 팬터마임, 퍼포먼스, 해프닝 등과 같은 공연물의 발생과정과 공연예술로서의 특성을 문화상호주의적

---

1) 서울의 경우, 공연예술대학으로는 동덕여대, 세종대, 공연예술학부로는 국민대, 동국대, 그리고 공연예술학과(전공 및 협동과정 포함)로는 성균관대, 서울대, 경희대, 명지대 등이 있다. 이외 공연학과, 공연학부 등의 명칭으로 분류된 대학도 많다.
2) 위의 대학의 경우에는 대다수 공연예술론 과목이 편성되어 있으며, 이들 대학이 아닌 여타 대학과 대학원에서도 공연예술론 과목이 편성된 곳이 많다. (예:고려대학교, 외국어대학교... 등)

관점으로 탐구한다"⁵⁾는 식으로 장르를 열거한 곳도 있다.

위의 경우에서 첫 번째는 다소 연극을 중심으로 하고 있음을 엿볼수 있고, 세 번째 경우는 공연학에 가까운 관점을 엿볼 수 있다. 이에비하여 두 번째 경우가 비교적 공연예술이라는 용어에 걸맞은 관점을 드러내고 있다. 즉 "개별적 특성과 공통된 토대"에 대한 이론적고찰이라는 입장은 바로 공연예술의 범주에 속한 음악, 연극, 무용등이 각각 개별적인 특성을 가지고 있으면서도, 이들이 공연예술로서 공통된 토대에 기초하고 있다는 인식이다. 즉 공연예술교육은 공연예술론을 심화시키는 것이며, 나아가 개별 장르에 대한 이해 뿐만아니라, 동시에 그들이 가지고 있는 공통의 특성을 이해하고, 교육을통해 실천하는 행위이다. 바람직한 공연예술교육은 이와 같은 인식을 기초하여 진행되어야 할 것이다.

---

3) 성균관대학교 공연예술학과 협동과정 교과목 소개
(http://web.skku.edu/~perform/curriculum.htm). 이와 유사한 공연예술론 교과목 소개로는 세종대학교 공연예술대학원 "아리스토텔레스로부터 현대에 이르기까지 공연예술 이론 및 미학적 개념을 개괄적으로 조망한다.
(http://graduate.sejong.ac.kr/perfarts/h03_course/cour_p01.htm)", 동국대학교 문화예술대학원 "아리스토텔레스부터 현대에 이르기까지 공연예술 이론 및 미학적 개념을 개괄적으로 조망한다.(http://gsca.dongguk.edu/site48/index.php?page_seq=89)" 등이 있다. 이러한 표현은 어느 대학의 교과목 소개가 먼저인지 확인할 수 없으나, 특별한 학문적 고민 없이 단순 복사한 것으로 보인다.
4) 외국어대학교 비교문학과 대학원 교과목 소개
(http://icarus.hufs.ac.kr/gradu_s/curriculum/curri1_14.html
5) 순천향대학교 연극영화전공 교과목 소개
(http://hompy.sch.ac.kr/theaterfilm/index.jsp?menuID=20051222102858171262

이 연구는 이와 같이 공연예술이라는 이름으로 묶여 있으되, 실질적으로는 개별화된 공연예술교육의 현단계 상황을 점검하고, 바람직한 교육 방향을 모색할 필요가 있다는 문제의식에서 시작하였다. 이 연구를 통하여 연구자는 현단계 대학과 초·중·고등학교에서 실시되는 공연예술 장르별 교육 현황을 분석하고, 그것이 의미하는 바를 기초로 바람직한 교육의 방향 및 커리큘럼 구성을 제안하고자 하며, 그 장르는 연극과 무용으로 한정한다.

II. 본론

1. 현단계 공연예술교육의 현황 및 문제점

기본적으로 공연예술교육의 범주는 공연예술 내 장르 구분에 준한다. 즉 시간예술인 음악에 대한 음악교육, 시공간예술인 연극과 무용에 대한 연극교육과 무용교육이 있다. 국악의 경우 음악, 연극, 무용의 범주 내에 포괄된다.

앞에서 살펴보았듯이, 공연예술이라는 고유의 특징 혹은 공연예술 장르 간 '공통된 토대'만을 위한 교육은 아직 미흡하다. 예술경영 혹은 문화정책 분야에서 공연예술만을 한정하여 접근하는 공연예술경영, 공연예술정책 등의 분야가 있기는 하지만 공연예술교육의 범주로 인정하기에는 아직 부족하다.

이에 공연예술교육의 범주와 내용은 전문가 양성을 위한 대학에서의 공연예술교육과 초·중·고등학교와 일반인을 위한 공연예술교육으로 나누어 논의하고자 하며, 그것을 바탕으로 대학의 연극과 무용의 교육과 개선방향을 점검해보고자 한다. 즉 '개별적 특성'을 다루는 공연예술교육을 기초로 하여 '공통된 특성'을 다루는 공연예술교육의 바람직한 방향을 모색하기 위함이다.

1) 대학에서 공연예술교육

가. 연극교육

"학교 교육용 연극(drama/theatre in school)은 전문연극(profssional theatre)과는 다른 새로운 방향으로 개발되어야 한다는 주장이 지배적이이다.[6]"라는 주장을 기본으로 삼았을 경우, 연극교육은 교육적 효과를 위한 도구로서 연극이 채택되는 교육연극과는 구분되어야 한다. 이런 차원에서 교육연극이 초·중·고등학교를 위한 교육용 연극과 사회 교육용 연극이라면, 연극교육은 배우 혹은 전

---

6) 조병진. 「연극의 교육적 활용 : 그 가능성과 방향」. 『연극교육연구』. (서울 : 한국연극교육학회, 1998), p. 225
이와 같은 맥락의 주장은 다음과 같은 구절에서도 지속적으로 나타난다. "…. 교육연극의 주된 지향점은 '교육'이고, 연극은 그 목적 달성을 위한 수단·방법으로서 작용하게 된다." (정성희. 『교육연극의 이해』. (서울:연극과 인간). 2006. p. 33)
"교육연극은, 간략하게 정의하자면, 연극을 위한 교육, 곧 연극교육이 아니라 교육을 위한 연극, 연극을 교육의 매체, 도구 혹은 방법론으로 삼는 일반적 의미에서의 교육이다." (민병욱. 『교육연극의 현황과 전망』. 『교육연극의 현장』. (서울 : 연극과 인간 2004), p. 8)

문가를 양성하기 위하여 실시되는 대학 이상의 전공자대상 교육이라 할 수 있다. 따라서 이 연구에서 연극교육은 대학에서 구현되고 있는 연극에 대한 교육을 전제로 한다.

김대현은 한국 대학의 연극학과의 연극교육에 대하여 다음의 세 가지로 요약한 바 있다. 첫째, 백화점식, 나열식 교과과정이며 둘째, 교수와 학생들 간의 기대 지평의 차가 많고, 셋째, 대학 연극학과가 교양인의 육성인지 엘리트 예술인 교육인지 명확하지 않다. 동시에 그는 한국의 대학 연극교육 역시 실기 중심이며, 이론도 실기를 전제로 구성되어 있다고 주장하면서, 연극이 기술이면서도 예술이라는 점을 감안했을 때, 대학의 교교과정은 "보다 기초적이며 생각과 마음을 넓히는 것"으로 구성되어야 한다고 주장한다. 즉 인문학적 특성과 소양의 중요성을 주장한다.[7]

김대현이 주장하는 바, 대학 연극교육이 실기 중심이라는 점은 다음 3개 대학의 연극학과 교과과정을 비교하였을 때, 그 절대 과목수가 아닌 인문학적 교양과 학문의 부재를 뜻하는 것으로 해석된다. (표. 1 참조) 즉 『연극개론』이라든가 『한국연극사』와 같은 과목이 이론 과목인 것은 분명하지만, 그가 말하는 "보다 기초적이며 생각과 마음을 넓히는 것"이 아니라는 것이다. 아마도 그가 의미하는 이론은 예술학과 인문학 등과 관련된 근본적인 이론과목을 의미한다고 볼 수 있다.

---

7) 김대현. 「연극과 연극교육을 향한 기대 지평」. 『예술교육이 미래를 연다』 (서울 : 한국문화예술진흥원, 2004), pp. 217 - 227

〈표 1〉 수도권 3개 대학 연극학과 교과과정 비교

	한양대학교	동국대학교	중앙대학교
이론	연극개론, 연극문헌연구, 공연예술론, 한국연극사1·2, 서양연극사1·2, 한국연극론, 희곡론, 동양연극사1·2, 극작가 연구, 연극론, 연출론1·2, 연극평론, 실험극연구, 비교연극론(18과목)	연극개론, 한국연극사, 서양연극사, 희곡분석, 동양연극, 연극연출1·2 (7과목)	연극개론, 연극평론, 현대연극연구연출법, 한국고대연극사, 동양고대연극사, 서양고대연극사, 한국현대연극사, 동양현대연극사, 서양현대연극사, 극작가 연구 (10과목)
실기를 위한 이론	무대기술(1과목)	무대디자인, 조명디자인 (2과목)	무대기술, 무대미술1·2 (2과목)
실기	연기1·2·3, 창작실습1·2·3·4, 무대미술1·2, TV드라마제작실습1·2, 연극제작1·2, 연출실습1·2 (15과목)	가창실습1·2·3, 발레1·2, 기초연기1·2, 중급연기1·2, 시창과 청음, 피아노 실기, 연극제작실기1·2·3, 신체움직임1·2, 매체연기1·2, 즉흥장면창작 (19과목)	기초연기, 중급연기, 상급연기, 기초연출실습, 상급연출실습, 제작실습1·2·3·4, 창작실습1·2·3·4, TV드라마제작실습, 극장실습, 희곡분석실습, 전통연희실습, 무대동작, 실험극연출실습, 오디션,현장실습 (21과목)

※ 출처 : 해당학과 홈페이지(2007. 8월 기준)

이에 비하여 전문 연극인 육성을 목표로 창성된 한국예술종합학교의 연극원의 경우, 김대현이 주장한 방향과 일맥 상통하는 교과과정을 가지고 있다. 연극원 산하 5개 과정(극작과, 무대미술과, 연극학, 연출과, 연기과)은 공통기초, 전공필수, 전공선택으로 교과과정이 나뉘어 있으며, 공통기초 과목에서 현대미술의 이해, 현대무용, 한국근현대사, 오늘의 한국문학, 우리말의 언어학적 이해, 신화와 상상력, 예술과 정신분석, 한국의 샤머니즘과 민속민담 등의 과목이 '문화와 예술'이라는 시리즈식 과목으로 편성되어 있다. 이와 같은 과목의 배치는 연극원 스스로가 밝힌 "예술기반 교육, 인문학적 배경 교육, 연극 입문 교육에 중점을 둔"[8] 까닭으로 보인다

그러나 한국대학의 연극학과 교과목의 배치는 단지 우리나라만의 특성은 아니다. 허순자는 그의 연구에서 미국 대학 연극학과의 현황을 분석하면서 다음과 같은 세 가지 특징을 결론으로 맺었다. 첫 번째, 대다수의 대학 교육과정이 실기 중심이다. 두 번째, 교육 과정 중에 공연 참여가 의무적이다. 세 번째, 현장 예술가들의 교육 참여가 많다. 이와 같은 세 개의 결론이 의미하는 바는 미국 대학의 연극교육이 지나칠 정도로 전문훈련(over professionalism) 지향이라는 것이다. 이 점에 대하여 연구자는 "공연예술의 본질적인 특성이 실제로 행하는 것(doing)이기에 장기간의 학습을 요하는 예술적 기능과

---

8) 연극원 홈페이지

기술의 연마가 이 학문의 결정적 과제로 등장"하는 것에 대하여 불가피하다는 점을 인정하면서도, 미국의 연극학과가 인문학적인 전통에 뿌리를 두고 있음을 지적하면서 그 학문적 깊이 부재에 대하여 염려하고 있다. 이에 연구자는 미국의 대표적 연극교육자(Bonnie Marranca, Richard Schechner)들의 우려를 예를 들면서 연극교육의 인문학적 전통으로의 회귀를 대안으로 제시한다.[9]

이상에서 살펴보았듯이 미국과 한국에서 연극교육은 대체로 전문훈련 혹은 실기 중심으로 이뤄지고 있으며, 일단의 학자들에 의하여 연극이 가지고 있는 바, 인문학적 학문 토대를 전제로 해야 한다는 주장이 제기되고 있는 현실이다.

나. 무용교육

우리나라 무용교육은 1963년 이화여자대학교에 무용학과가 개설되면서 본격적인 현대식 교육이 시작되었다. 그러나 그 시기 이후 일정 기간 동안 무용교육(dance education)과 교육무용(educational dance)의 개념을 엄격히 구분하지 않았다. 심지어 그 용어가 불분명하게 혼용되어 사용되기도 하였으며, 그 의미조차도 명확하지 않았다. 즉 무용을 목적으로 하는 교육과 교육의 수단으로서 무용의 경계가 불분명했다는 것을 의미하며, 그와 같은 인식은 다음과 같은 인용문에서 잘 드러난다.

---

9) 허순자. 「미국의 대학연극교육 : 그 현황에 대한 분석과 미래의 방향」. 『연극교육연구』. (서울 : 한국연극교육학회, 1998). pp. 245 - 283

무용교육의 이념은 무용의 교육적 이념과 같은 의미를 갖
는다. 무용교육의 이념은 '교육의 매체로서의 무용(dance
as medium of education)' 혹은 '무용을 통한 교육
(education through the dance)' 이라는 데 있다. 그러므로
무용교육 혹은 교육무용(dance as education or
educational dance)의 일반적인 개념은 무용이 교육의 목
적이 아니라 수단이 되는 것이다.

그러나 역사상 여러 가지 사례를 볼 때 무용이 교육의 목
적인 경우가 대부분이었다. 그것은 무용 기술 그 자체를 습
득하고 그 춤을 배우는 데 목적을 둔 교육이었다고 할 수 있
다. 이것은 바로 무용의 전문교육이다. 발레와 같이 공연예
술의 한 장르를 익히기 위하여, 무용 그 자체를 가르치고 기
술만 습득하면 되는 것이다.

무용을 교육의 목표로 하는 경우는 무용의 전문교육에 해
당된다. 이에 비하여 무용교육(dance as education)에서는
무용이 교육의 목적이라기보다는 수단이다.[10]

인용된 글에서 확인할 수 있듯이 무용교육과 교육무용의 개념이
혼돈 혹은 혼용하여 쓰거나, 심지어 무용 전문 교육이라는 용어가 무
용교육이라는 개념과 대치되기도 한다.

이에 비하여 최근 무용교육의 일반적인 경향은 무용교육의 범주
안에 교육무용을 포함시키는 것이다. 한구무용교육학회에서 펴낸

---

10) 육완순·이희선 공저. 『무용교육과정』. (서울 : 도서출판 금광 1992), p. 27

『무용교육이란 무엇인가?』를 보면, 무용교육의 영역으로 교육으로서의 무용, 전문인 향성을 위한 무용, 평생활동으로서의 무용, 특수인을 위한 무용으로 구분되어 있고, 무용교육 프로그램으로 교육무용, 전문무용, 사회무용, 특수무용으로 나뉘어져 있다. (한국무용교육학회 편. 2003)

　메릴랜드대학 무용학과 교수인 한나(Judith Lynne Hanna)가 쓴 그의 저서 『무용과 교육(Partnering Dance and Education)』도 그와 유사한 입장을 취하고 있다. 그는 무용교육을 무용과 관련한 일체의 교육행위를 무용교육이라고 하고, 그 하부 개념으로 교육무용을 포함시켰다.

　그러나 한국무용교육학회의 입장보다 확대된 입장을 취하였는 바, 그 내용은 전문무용단의 무용교육 주체와 초·중등 과정에서 무용교육 주체자(교사)를 구분한 것이다. 즉 무용을 목적으로 하는 교육과 교육을 수단으로 삼는 무용과 구분한 것이며, 나아가 무용과 민족성, 문화의 다양성, 성(性), 스트레스 등과 관련한 교육 프로그램 일체를 무용교육의 범주 안에 포함시켰다.(주디스 린 한나. 김두련·박은규 역. 2004)

　그러나 최근 연구에서는 무용교육의 영역과 교육무용의 영역을 엄격하게 구분하고자 하는 경향이 보인다. 대학교 이상의 전문무용인을 양성하기 위한 교육 프로그램과 인간 발달에 목적을 둔 초·중등학교에서 수단으로서 무용 프로그램은 근본적으로 달라야 한다는 인식에서 나온 것이며, 이러한 연장선상에서 무용교육의 전공 분야도 기존의 무용장르인 한국무용/발레/현대무용이 아닌, 무대무용전공/교육무용전공/생활사회무용전공이라는 대안을 제시하기도 한다. 이러한 주장의 배경에는 현단계 우리나라 무용교육에 대한 비판적 시각이 자리하고 있다.

김태원의 논문 '현 춤교육 제도의 위기와 개선의 축'도 그와 같은 인식의 출발선상에서 쓰여졌다. 그는 현재 한국의 춤교육(무용교육)의 위기 상황을 일반적으로 지적하는 출산율의 급격한 저하 이외에 두 가지 원인이 더 있다고 하였다.

그 첫째는 각 대학의 무용과가 천편일률적으로 3분화된 한국무용/현대무용/발레라는 전공제도를 채택한 것, 두 번째는 춤 교육자들의 도덕성 및 성실성의 부족을 들었다. 이와 동시에 이러한 위기를 극복하기 위한 제도적 개선의 축으로서 춤의 교육적 영역을 전환하여야 한다는 점을 지적하였다. 즉 '공연으로서 춤(dance as performing art or dance as theatrical art)'은 단지 춤교육의 한 영역일 뿐이라는 것이다.

이외에 그가 제시한 것은 춤을 교육의 수단으로 간주, 춤의 교육적 가치와 방법론을 보다 체계있게 연구 · 실천해가는 '교육무용 (educational dance)'의 영역과 춤의 사회적 가치를 추구하는 '생활

사회적 무용(folk and community dance)'이 있다는 것이다. 그리하여 그는 무대무용은 전문 춤꾼을 양성시켜 기량중심의 교육을 펼쳐가는 것이며, 교육무용은 초·중·고등학생을 중심으로 춤을 통해 인간적 성장(신체적/정서적)을 돕는 것을 목표로 하는 것이고, 생활 사회무용은 일반 사회인을 대상으로 여러 사회 교육기관에서 실시하는 것으로서 건강 혹은 여가활동을 돕는 것이라는 것이다.[11]

이와 같은 연구와 제안은 현재 우리나라 무용교육에 시사하는 점이 많다. 전문인 육성을 목표로 삼고 있는 대학의 무용교육이 춤의 근본적 가치보다는 기능성 중심으로 구성되어 있으며, 또 그 기능성도 무대 공연화만을 위한 구분일 뿐이라는 점이다. 장르와 장르조차 해체되고 융합되는 시기에, 동일한 무용 장르 내에서 엄격한 전공 구분은 무용 전문가 육성에 불균형을 초래한다. 즉 인문학적 지식과 이해가 없는 단순 무용 기능인 육성에 머물게 될 것이라는 우려이다.

이처럼 대학 무용교육의 실기 중심과 천편일률적인 3분화 전공과정에 대한 실증적인 내용을 우리나라 최초로 63년에 무용학과를 개설한 이래, 우리나라 무용교육의 핵심적인 역할을 수행한 이화여자대학교 무용학과의 교과과정을 중심으로 알아보자.

---

11) 김태원, 『현 춤교육 제도의 위기와 개선의 축』, 『춤의 미학과 교육』, (서울 : 현대미학사, 2004), pp 246 −252

〈표 2〉 이화여자대학교 무용학과 교과과정

	교과목	시간	학점	기타		교과목	시간	학점	기타
1학년 1학기	한국무용1	3	3	택1	3학년 1학기	한국무용5	3	3	
	발레1	3	3			발레5	3	3	
	현대무용1	3	3			현대무용5	3	3	
	무용개론	3	3			기독료와 무용	3	3	
	무용창작법1	3	3			예배무용 워크샵	3	3	
1학년 2학기	한국무용2	3	3	택1		무용기보법	3	3	
	발레2	3	3			무대디자인 연구	3	3	
	현대무용2	3	3		3학년 2학기	한국무용6	3	3	
	무용음악입문	3	3			발레6	3	3	
	무용창작법2	3	3			현대무용6	3	3	
2학년 1학기	한국무용3	3	3	택1		무용미학	3	3	
	발레3	3	3			무용움직임 분석	3	3	
	현대무용3	3	3			무용해부학	3	3	
	한국무용사	3	3		4학년 1학기	한국무용워크샵	3	3	
	민속학	3	3			발레워크샵	3	3	
	무용교육개론	3	3			현대무용워크샵	3	3	
2학년 2학기	한국무용4	3	3	택1		한국무용 호흡법	3	3	
	발레4	3	3			무용비평 연구	3	3	
	현대무용4	3	3		4학년 2학기	한국무용워크샵2	3	3	
	외국무용사	3	3			발레워크샵2	3	3	
	무용상해와 요법	3	3			무용지도법	3	3	
	한국무용레퍼토리	3	3			무용작품 해설	3	3	
설정과목 학점 93, 개설과목 학점 72						무용연구법			

※ 출처 : 2007년 9월 홈페이지

제일 먼저 확인되는 것이 3분화된 전공의 구분이 뚜렷하고, 나아가 타 분야 무용에 대하여 학습할 수 있는 기회가 원천적으로 봉쇄되었음을 알 수 있다. 즉 각 학년 학기마다 한국무용, 발레, 현대무용 중 한 과목만을 선택할 수 있도록 되어 있다. 물론 한국무용 관련 2개 과목(한국무용 레퍼토리, 한국무용 호흡법)을 선택할 수 있도록 되어 있지만, 그것은 한국무용이라는 특수성을 고려한 것일 뿐이다.[12]

이와 같은 무용교육에 있어 3분야 고착화는 정도의 차이는 있지만, 여타 대학도 다르지 않다. 예를 들어 한양대학교의 경우, 1학년 때에는 비교적 전공과 관계없이 한국무용, 발레, 현대무용을 기초필수과목으로 수강을 하지만, 2학년부터는 자신의 전공 분야 무용만을 수강할 수밖에 없는 교과과정으로 구성되어 있다. 대부분의 무용학과가 이와 같은 방식으로 교과과정이 이루어져 있으며, 중앙대학교 무용학과가 부전공 제도를 채택하여 2개 분야의 전공을 수강할 수 있도록 되어 있다. 그러나 이 역시도 3개 분야 전공이 엄격한 구분을 전제로 하는 것이다. 이에 반하여 전혀 다른 전공 제도를 도입한 곳이 한국예술종합학교 무용원의 경우다. 한국예술종합학교 무용원은 전공의 구분을 안무/실기/이론으로 구분하여 운영하고 있다.

---

12) 필자가 판단하기에는 한국인 무용수로서 가져야 할 기본적인 무용에 대한 교양과정이기 때문에 배치된 것이라고 생각함.

김태원은 위의 논문에서 대안으로 무대무용전공/교육무용전공/생활사회무용전공을 제안하고 있다. 즉 무대무용전공은 직업무용단을 추구하는 전문무용예술인 양성을 뜻하는 것이고, 교육무용전공은 초·중등생을 주요 대상으로 삼아 인간적 성장을 도모하는 교육자 양성을 뜻하는 것이고, 생활사회무용전공은 비전문가인 일반 사회인의 건강 혹은 여가 활동을 지원하는 전문가 양성을 뜻한다.

결국 이와 같은 제안은 무용교육(dance education)과 교육무용(educational dance)을 엄격하게 구분하는 입장에서 출발한 것이다.

결론적으로 현단계 우리나라 대학의 무용교육은 실기 중심의 3분화 전공을 위한 교과과정으로 되어 있다. 또한 무용교육과 교육무용의 구분이 없음으로 인하여 전문가 양성이 아닌, 초·중·고등학생 혹은 일반인을 지도할 전문가 양성 프로그램이 없다. 단지 전문 무용인의 교육과정을 이수한 무용수가 또다시 실기 중심의 무용교육을 비전문가에게 반복할 뿐만 아니라, 엄격한 3분화 전공 역시 일반인에게도 그대로 답습되고 있다.

2) 초·중·고등학교에서 공연예술교육

가. 연극

교육연극에 대한 학습 이론의 배경으로는 존 듀이(John Dewey)의 경험주의 교육 철학, 장 피아제(Jean Piaget)의 인지 구성주의 이론, 그리고 비코츠키(Vygotzky)의 사회 구성주의 이론을 들 수 있다. 존 듀이는 "지성 혹은 지식을 가리켜 미래에 대한 통찰력이라 규정하고, 이런 지성은 경험으로부터 온다"고 하였으므로, '연극은 개연성 있는 가상적 공간을 설치하여 개인에게 경험의 폭을 넓혀주고 깊게 하는 지성적 활동이며 통찰력을 키울 수 있는 학습의 장'이 된다. 그 예로 우리는 어린이들의 소꿉놀이를 들 수 있다. 또한 피아제는 "인간의 인지 발달은 개체와 환경과의 조응관계에서 형성된다"고 하면서, 인간의 현실 인식의 과정을 '적용(accommodation)과 동화(assimilation)'이란 용어로 설명한다. 때문에 '연극의 본질인 모방과 놀이, 그리고 상징이라는 연극적 방법이 학습 과정에서 인지 발달을 돕는다'는 것을 의미한다. 그리고 비코츠키는 "개인의 학습활동을 사회 문화적 활동의 관점에서 파악하여 공동체 구성원들 간의 사회적 상호작용"을 중시 한다.

특히 비코츠키는 학습자들이 학습 활동할 때, '실제 발달 수준'과 '잠정적 발달 수준'이 있으며, 이 두 수준 사이에 '인접 발달 수준(zone of proximal development)'이 있는데, 이 지역이 바로 학습과 인지 발달이 역동적으로 일어나는 지역으로 본다. 때문에 연극 활동에 참여하는 참여자는 공동체 구성원이 되고, 연극을 통한 논술교육이나 의사소통 교육은 학습자들의 인지 발달에 도움이 된다는 것이다. [13]

---

13) 황정현. 「창의적 사고력 계발을 위한 동화교육」 『공연예술 저널 제 1집』. (서울 : 성균관 대학교. 공연예술연구소, 2001), pp. 35 – 36

이와 같은 교육 이론을 배경으로 구체적으로 현장에서 이뤄지는 방법론 혹은 종류로는 TIE(Theatre - in - Education), DIE(Drama - in - Education), 창조적 드라마(Creative Drama)가 대표적이며, 이외에도 아동극, 어린이극, 청소년극, 역할극, 놀이극... 등등이 있다. 이와 같은 교육연극의 방법론은 현재 계속 발전하고 정교화되고 있는 과정 중에 있다.

이 중 TIE는 연극 공연을 중심으로 전·후 워크숍이 필수적이며, 이를 통하여 문제에 대한 느낌과 생각을 더 깊이있게 유도한다. 또 DIE는 실제 공연보다는 드라마의 극적 상황 속에 자신을 투영하게 하여, 그를 통하여 과제를 시험하고 더 깊은 이해를 획득하는 데 있다.

위의 두 가지 방법론이 영국을 중심으로 발전한 것이라면, 창조적 드라마는 미국을 중심으로 발전한 방법론이다. DIE가 교과의 학습에 치중을 두는 데 반하여 창조적 드라마는 줄거리에 따라 극을 전개시키는 창의성과 기술 개발에 역점을 두며, 즉흥/비공개/과정 중심의 특성이 있다.[14]

---

14) 조병진. 앞의 논문. pp. 232 -

〈표 3〉 전문연극과 교육연극의 비교[15]

전문연극	교육연극
순수예술로서 연극지향의 예술성이 강조된 공연용 연극(아동극,청소년극은 교훈적인 내용을 예술적 감상용 연극으로 제작)	연극방법을 교육현장에 응용하여 효율적인 교육효과 지향 -DIE : 단편적인 '연극만들기'를 통한 사회적 기술 익히기 -TIE : 전문교육극단이 효율적 교육효과를 중요시하는 공연
훈련받은 연극인 전문분야별로 담당하여 작업한다.	훈련받은 교육연극 종사자(교사 또는 교육연극 전문가)가 교육대상이 프로그램 과정을 창의적으로, 스스로 능동적으로 대처할 수 있도록 유도하고 자극시키는 역할분담연극. 실제작업은 교육대상이 한다.
관객이 객석에서 감상 (어린이부터 어른까지 객석에 앉아서 감상)	DIE : 관객이 따로 없는 능동적인 공동작업 체험 TIE : 관객(교육대상)이 참여하여 공연을 완성
어린이부터 어른까지 한 가지 방법을 적용 : 작가가 쓴 희곡을 교사나 연출가의 지시를 받으며 연습하여 공연을 목적으로 작업한다.	연령별로 적용방법을 차별화

---

15) 김정은. 「교육연극 프로그램이 유아의 언어 수행 능력 향상에 미치는 영향」. 『교육연극의 현장』. (서울 : 연극과 인간, 2004),. p. 36. 재인용 이 논문에서 사용된 '전문연극'이라는 용어는 본 논문에서 사용된 '연극교육'과 같은 의미로 사용되었다.

결론적으로 이와 같은 교육연극은 전문인을 양성하는 연극교육과는 엄격하게 구별된다. 그것은 교육연극의 궁극 목표가 교육에 있기 때문이며, 연극은 교육 매체로 활용되는 것이기 때문이다. 이런 측면에서 교육연극에서 '연극에 목표를 두는 것은 위험한 결과를 초래할 소지가 있다.'[16]

이와 같이 연극교육(혹은 전문연극)과 교육연극은 그 목표가 다르고, 교육과정이 다름에도 불구하고, 현재 7차 교육과정에 의하여 발간된 연극교과목 교과서(한국연극교육학회 편)는 교육연극이 아닌, 연극교육 혹은 연극개론서의 성격을 띠고 있다. 이와 같은 내용은 중학교와 고등학교 연극 교과서 목차를 통해 알아보자.

〈표 4〉에서 보듯, 중학교 과정 중에 DIE에 해당되는 '모둠별 장면쓰기'와 TIE에 해당되는 '말과 몸으로 표현하기'가 있고, 고등학교 과정에 '창의적 연극놀이'가 있지만, 이는 전체 내용으로 보았을 때 상당히 부족하다. 오히려 연극교육 중 연기 부분에 해당한다. 더욱이 고등학교 목차는 어떤 면에서 대학 연극교육 커리큘럼을 단원별로 배치한 듯하다. 또한 무대장치, 무대조명, 무대의상, 분장, 음향 등은 비교적 전문적인 내용을 요약정리하고 있어서, 고등학생들에게 그것이 어떤 의미가 있는지 의문이 든다. 예술고등학교 연극과 학생이라면 도움이 되겠지만 일반 고등학교 연극 교과목에 그와 같은 단원이 과연 교육에 도움이 되는지 의문이다.

---

116) 조병진. 앞의 논문. p. 239

〈표 4〉 중 · 고등학교 연극 교과서 목차 비교

중학교 연극 교과서 목차		고등학교 연극 교과서 목차	
큰 목차	작은 목차	큰 목차	작은 목차
제1부 연극의 이해	1. 연극은 어떻게 만들어지는가	제1부 연극의 이해와 감상	Ⅰ. 연극이란 무엇인가
	2. 연극은 어떤 예술인가		Ⅱ. 한국 연극사
	3. 연극은 무엇으로 만들어질까		Ⅲ. 동양 연극사
	4. 연극을 어떻게 볼까		Ⅳ. 서양 연극사
	5. 희곡읽기–희곡을 만나는 즐거움		Ⅴ. 희곡의 이해
제2부 연극 만들기	6. 모둠별로 장면 쓰기		Ⅵ. 작품 쓰기
	7. 말과 몸으로 표현하기		Ⅶ. 연극 보기
	8. 공간 만들기	제2부 연극 표현의 실제	Ⅰ. 연극 공연의 기획과 제작
	9. 동작 만들기		Ⅱ. 연기
	10. 공연 알리기		Ⅲ. 연출
	11. 공연을 앞둔 마지막 점검		Ⅳ. 마임
	12. 공연		Ⅴ. 창의적 연극놀이
	13. 정리와 평가		Ⅵ. 무대장치
제3부 연극 만들기	14. 연극 공연 보기		Ⅶ. 무대조명
			Ⅷ. 무대의상
			Ⅸ. 문장
			Ⅹ. 음향

※ 중학교 교과서는 2004년 발간, 고등학교 교과서는 2003년 발간

이상에서 보듯, 아직까지 우리나라 교육연극, 즉 초·중·고등학생들을 위한 교육 목적의 연극(교육연극)은 뚜렷하게 자리잡지 못하고 있다. 이는 연극교육과 교육연극에 대한 혼란에서 기인한다.[17]

연극 교과목이 중등과정에 개설되어야 하는 이유가 관객 확보나 연극과 졸업생들의 취업 자리 확보가 아닌, 진정한 의미의 '연극을 통한 전인교육'의 과정으로 발전해야 하고, 그럴 때 교과목으로서 연극의 명분이 선다.

나. 무용

현재 우리나라 초·중·고등학교에서 무용교과의 당면과제는 무용이 체육으로부터 분리·독립하여야 한다는 주장이다. 이는 2002년 무용교과독립추진위원회(회장 조홍동, 김화숙, 서차영) 발족 이후 꾸준히 제기되고 있는 현안이다. 무용교과독립추진위원회는 발족 이후, 각종 세미나 및 정책토론을 통하여 무용교과의 체육으로부터 독립 뿐만 아니라, 무용교사 자격증 제도 등을 제기하고 있다.[18]

현 단계 우리나라 무용교과는 유치원에서 '건강생활'과 '표현생

---

17) 이와 같은 실증적인 예로 2001년 성균관대학교 공연예술연구소가 개최한 제7회 열린강좌 "교육과 연극"에서 일부 연사는 연극교육과 교육연극을 엄격하게 구분하고, 이에 따른 교육연극의 실증적 대안을 제시하는가 하면(조병진, 민병욱), 또 다른 연사는 중등과정 교과목 개설에 대한 글에서 '연극교육'이라는 용어를 사용하며, 오세곤은 전문연극을 중등학교에 교육하여야 한다는 듯한 내용의 발표를 한다.
18) 현재 중·고등학교 무용교사는 체육교사 자격증을 취득하고 있다.

활'에서, 초등학교 1~2학년은 『즐거운 생활』교과 안에 '놀이와 표현', '감상', '이해'의 영역에서 다뤄지고 있으며, 초등학교 3~6학년까지는 『체육』교과의 '표현활동' 영역에서, 중학교와 고등학교 1학년까지는 『체육』교과의 '무용' 단원에서 실시되고 있다. 또한 고등학교 2~3학년은 『체육과 건강』교과의 '무용' 단원에서 이루어지고 있다.[19]

이와 같이 무용은 유치원과 초등학교 1, 2학년을 제외한 초등학교 3학년부터 고등학교까지 체육 교과 안에서 몇 개의 단원으로 존재한다. 이와 같은 상황에서는 일관된 교육적 목표를 가지고 수업이 이루어질 수 없다. 이런 차원에서 무용과목이 체육으로부터 분리 · 독립되어야 한다는 주장은 설득력이 있다.

그러나 초 · 중 · 고등학교에서 무용 교과는 대학 무용과의 무용과는 그 목적이나 방법이 달라야 한다. 대학 무용과의 무용교육이 전문 무용인을 육성하기 위한 것이라면, 초 · 중 · 고등학교에서 무용은 전문 무용인이 아닌 전인교육이라는 교육적 목적 및 효과를 염두에 두고 이루어져야 한다. 그렇지 않으면 교육연극에서 연극을 목적으로 삼고 교육하면 위험하다는 지적이 똑같이 적용된다.[20] 즉 초 · 중 · 고등학교에서 무용 교과에서 무용 그 자체를 목적으로 삼으면 위험하다

---

19) 김화숙. 「이제 예술교육의 패러다임을 바꾸자─체육과 분리된 무용교육이 필요하다」. 『예술교육이 미래를 연다』. (서울 : 한국문화예술진흥원, 2004), p149
20) 앞의 각주 16) 참조

는 것이다. 초 · 중 · 고등학교에서는 정서적 인지 발달을 통한 전인 교육을 목적으로 삼아야 하며, 그러기 위해서는 그에 적합한 교육 내용과 방법을 가지고 접근해야 한다. 그리고 그것이 교육무용이다.

그러나 아직까지 교육무용이라는 용어는 무용계에서 일반화되지도 않았으며, 전문적 혹은 학술용어로도 자리잡지 않았다. 다만 일부의 학자들이 무용교육과 교육무용을 구분하고자 시도할 뿐이며, 대부분의 경우 광의의 무용교육 안에 하위개념으로 속해 있다.

심지어 그 용어의 사용조차 혼란스럽다. 예를 들어 박혜정의 저서 『아동의 교육무용』(1998)의 내용은 크게 2부로 나누어져 있는데, 1부는 무용교육을 위한 이론, 2부는 무용교육의 실제로 되어 있으며, 김운미의 저서 『한국 교육무용사』(1998)는 개화기로부터 현대에 이르기까지 무용에 대한 교육의 역사를 다루고 있다.

이에 반하여 김태원은 그의 저서 『춤의 미학과 교육』(2004)에서 뚜렷하게 무용교육과 교육무용의 구분을 주장하며, 교육무용은 "미국에서 철학자 존 듀이 등이 참여하기도 한 1910년대 컬럼비아 대학 사범대학의 선구적 시도(G. K. 콜비와 B. 라슨)와 그 영향을 받은 마가렛 두블러(위스콘신대) 등이 그 이전의 포크댄스나 체조무용과 다르게 춤을 자기 표현성과 창조성 개발의 수단으로 인식하고 시도했으며, 일본에서는 한국인 구니 마사미(박영인)가 엄격한 이론적 토대 위에 그 체계를 세웠다"라고 말하면서 한국의 경우, "일본에서 교육

받은 함귀봉이 1946년 조선교육무용연구소를 설립, 그 뜻을 펼쳐보고자 했으나 계속되지 못했다"고 주장한다.[21]

　결론적으로 교육무용은 대학 무용과의 무용교육과 달리, 초·중·고등학교의 학교교육에서 무용을 전인교육의 한 수단으로 채택한 것이며, 때문에 교육무용은 학생들의 심신 발달과정에 적합한 내용과 형식을 가져야 하며[22], 나아가 그에 부합되는 교육적 이념과 지도법이 요구된다. 그리고 동시에 구체적인 교육목표를 가져야 한다.[23] 그러기 위해서는 무용교과가 체육교과에서 분리·독립함에 있어, 단순히 무용의 이론과 실기 과목을 편성하는 것이 아닌 학생들의 육체적/정서적 발달을 도모하기 위한 수단으로서 무용 활동과 이념을 담아야 한다.

---

21) 앞의 책. p 436
22) 교육무용의 내용으로, 김화숙은 ① 무용기교는 단순해야 한다. ② 무용리듬은 학생 개개인의 다양한 리듬을 포용할 수 있을 정도로 광범위해야 한다. ③ 무용의 형식과 내용 또한 충분한 융통성을 지녀 개개인이 다양하게 표현할 수 있는 기회를 제공해 주어야 한다. ④ 다양한 문화유산으로서 무용을 소개하여 타 문화의 가치와 이해를 도와주어야 한다. ⑤ 무용작품 감상을 통하여 무용 경험의 기회를 제공해 주어야 한다. 고 주장하였다. (김화숙. 「교육으로서 무용」. 『무용교육이란 무엇인가?』. (서울 : 한학문화, 2003), p. 62)
23) 앞의 책에서 김화숙은 교육무용의 구체적 목표로서, 건강하고 운동적이며 표현적인 신체를 육성한다. 등의 방정미, Gray, Brinson 등의 의견을 종합한 7가지 목표를 제시하였다.

III. 공연예술교육의 개선방향

1) 인문학 전통의 토대 복원

앞에서 지적한대로 오늘날 대학 공연예술교육의 문제점 중 첫 번째는 지나친 실기 중심이라는 점이다. 이론 과목이 있지만, 이것 역시 해당 전공에 국한되어 있거나 실기를 보완하는 측면이 강하다. 이러한 현상은 비단 우리나라만이 아닌, 미국의 경우도 해당된다. 미국의 경력주의(careerism)와 시장정신(market mentality)이 대학 연극교육에 영향을 미친 결과이다. 이로 인하여 앞에서 지적한 바와 같이 미국 연극교육이 실기 중심, 공연 참가의 의무, 현장 무대예술인 교육 참여 등과 같은 결과를 낳았다. 현재 우리나라 연극과 무용교육의 흐름과 유사하다.

이러한 현상에 대한 다음과 같은 고민은 시사하는 바가 많다.

연극학은 더 이상 자신의 존재 이유나 그 위엄있는 가슴 속에서 형이상학적 이슈들을 구현하지 않는다. 대체 무엇을 읽고 무엇을 공연해야 하는가, 아니 보다 더 기막힌 현실은 왜 읽으며, 왜 공연해야 하는가, 이다. [24]

---

24) Bonnie Marrance. "Theatre and the University at the End of the 20th Centry". PAJ, 50/51. p. 60 허순자. 「미국의 대학연극교육」. 『연극교육연구』 (서울 : 한국연극교육학회. 1998), p. 272에서 재인용

연극이라든가 무용이라든가 하는 개별 전공을 떠나 대학이라는 존재의 기능 및 가치를 고민하였을 때나, 예술이 인간과 사회를 이해하는 매체라는 점을 인식하였을 때, 우리 대학의 공연예술교육은 학문의 본질적인 측면과 인간과 사회에 대한 인문학적 접근을 간과해서는 안될 것이다. 연극과 무용예술의 궁극적인 표현매체가 인간의 몸이기 때문에 몸에 대한 기능적 훈련을 도외시할 수는 없지만, 그것만으로 예술이 될 수 없다. 천편일률적인 실기 중심의 교육에서 벗어나 존재에 대한 근본적인 질문으로부터 자신이 속한 사회와 환경에 대한 고민이 필요하다. 이런 점에 있어 대학의 공연예술교육에 있어 인문학적인 이해를 돕는 교과과정의 편성은 절대 필요하며, 그러한 철학적 인식을 기반으로 하는 공연예술적 표현과 창작에 대한 훈련과정이 필요하다.

2) 대학의 교육연극 및 교육무용 수용

이미 앞에서 거듭 논한 바대로 연극교육과 교육연극의 그 지향하는 바와 내용이 다르다. 이와 마찬가지로 무용교육과 교육무용 역시 다르다. 그럼에도 불구하고 아직까지 이에 대한 엄격한 구분이 적용되지 않고 있는 것이 현실이다.[25] 이와 같은 상황은 연극과 무용 전공

---

25) 이 점에 대하여 앞에서도 이미 밝힌 바 있다. 즉 비교적 무용보다는 연극이 연극교육과 교육연극이 구분되어 있고, 또 그에 대한 연구가 무용에 비하여 많이 진행되었다. 그럼에도 불구하고, 중학교 고등학교를 위한 연극교과의 교과서의 구성이라든가, 각주17)과 같은 언급이 자주 발견된다.

자를 기르는 대학에서 이에 대한 교육이 정확하게 이루어지지 않았기 때문이다. 앞에서 언급한 수도권 내 연극학과 3개 대학이나 무용학과에서 보듯이 교육연극이나 교육무용에 대한 교과목은 발견되지 않는다.

더욱 심각한 것은 각주10)에서 보듯이 무용교육과 교육무용을 구분조차 못하는 경우다. 이와 같은 인식을 기반으로 공연예술 전공자가 초·중·고등학생이나 일반인을 교육하였을 경우, 전공자에 대한 교육내용의 난이도만 낮춘 채, 교육할 가능성이 높다. 더구나 대학의 공연예술교육이 실기 중심으로 되어 있다는 점을 고려한다면, 그들에게 실기 중심의 난이도 낮은 기능만 반복할 수밖에 없다. 이와 같은 단순·반복적인 교육은 일반인들에게 공연예술에 대한 이해를 높이는 것이 아닌, 오히려 (실기 측면에서)어렵거나 아니면 (철학적인 측면에서) 너무나 단순한 것이라는 잘못된 인식을 심어줄 수 있다.

또 하나 중요한 점은 대학의 졸업생들이 모두 연극이나 무용의 전문 공연자로 활동하지는 않는다는 점이다. 이들 중 일부는 초·중·고등학교의 연극과 무용교사로 활동하거나 일반 학원에서 강사로 활동하는 경우가 많다. 최근의 연극 교과목 개설 추진과 무용 교과목의 독립을 추진하는 것과 연관시켰을 경우, 이에 대한 대학의 준비는 필수적이다. 교육학과 청소년 심리는 이런 측면에서 공연예술 교육자에게 요구되는 소양이다. 또한 최근 문화예술교육이 중요한 문화정책의 도구로 부각되고 있다는 점을 고려하였을 때, 사회적 취약계층에 대한 이해와 자세 등에 대한 인식도 필요하다.[26]

3) 장르 간 융합교육

이 지점에서 또 다른 시선으로 고려해야 할 공연예술의 '공통된 토대'가 있다. 그것은 바로 현대 공연예술의 탈장르화와 융합화 경향이다. 포스트모더니즘 시대 문화예술의 뚜렷한 특징 중에 하나인 해체와 융합은 사회 전반에 걸쳐 나타나는 현상이기도 하지만, 특히 공연예술 분야에서 더욱 두드러진다.

예술의 이러한 융합 현상은 '하이브리드 예술(hybrid arts), 트랜스 예술(trans arts), 퓨전 아트(fusion arts)라는 새로운 용어들을 탄생시켰는데, 기존의 예술 장르들 간의 벽이 허물어지면서 나타나는 댄스시어터, 음악극, 비주얼 퍼포먼스 등과, 예술과 예술 외적 요인이 결합되는 홀로그램 아트, 바이오 아트, 나노 아트, 사이보그 아트, 문화권, 국가들 사이의 토속적 양식들이 결합하는 월드뮤직, 멀티 에스닉 컬쳐 등 다양한 형태가 있다.[27]

---

26) 이와 같은 측면을 두루 고려한 예술강사 지원사업을 위한 문화예술교육 진흥원의 예술 강사 교육 커리큘럼은 바람직하다. 여기에는 수업 모형과 관련한 교육학에 대한 기본적인 이해, 청소년과 장애아 등에 관한 심리나 발달과정 등에 대한 교육 과정 등이 모두 망라되어 있다.

27) 이동연. 「예술교육의 패러다임의 전환과 새로운 실천 방향」. 『현대사회와 예술/교육』. (서울:커뮤니케이션북스). 2007. p. 138

결과적으로 이제 예술은 과거 이분법적 장르 구분이 아닌 혼합된 형태로 나타나고 있으며, 공연예술의 경우도 마찬가지다. 즉 음악, 연극, 무용이 장르 간 이합과 집산을 거듭하면서 다양한 형식의 공연 예술작품(연극이나 무용이라고 단정할 수 없는)으로 창작되고 있으며, 또 소비되고 있다. 심지어 장르 간 융합 뿐만 아니라, 과거 예술의 범주 안에 포함되지도 않았던 대중적인 장르 혹은 기예조차 기존 장르와 융합되기도 한다. 최근 부각되고 있는 비언어 퍼포먼스가 그 대표적인 경우이다. 이러한 상황에서 과거 장르에 갇혀있던 음악교육, 무용교육, 연극교육은 시대변화에 발맞춰 새로운 방향을 모색해야 할 시점이며, 그 지점은 공연예술교육이라는 거시적 관점에서 접근하는 교육방식이다.

이에 대하여 이동연은 '융합적인 예술교육'이라는 개념을 제시하고 있는데, "융합적인 예술교육은 교육과정을 새롭게 혁신하는 것과, 창작과 이론의 과정들을 융합할 수 있는 창의적인 통합적 제작환경을 만드는 것, 그리고 예술의 존재와 지위에 대한 새로운 사고를 하는 것으로 압축할 수 있다"고 말한다. 동시에 이러한 융합적인 예술교육의 구체적인 실천방안으로 '창의적 예술실험실(Creative Art Lab)'을 제시한다. 창의적 예술실험실은 예술의 경계를 넘어서고 예술 간의 다양한 실험을 할 수 있는 예술실험실로서 새로운 예술 매체, 콘텐츠 생산 뿐만 아니라, 기획-제작-유통의 원-스톱 시스템(One-Stop System)을 구축해야 한다고 하였다.[28]

이제 공연예술 각 장르 고유의 교육 뿐만 아니라 각 장르의 통합적인 교육과정을 만들고, 창작과 이론의 통합적 제작환경을 만드는 것이 유효하다. 또한 교육과정 내에 창의적 예술실험실을 설치하여 장르 융합의 작품을 실험하도록 하는 것이 필요하다. 물론 '예술의 존재와 지위에 대한 새로운 사고' 는 바로 무용이나 연극이 아닌, 하나의 공연예술로서 예술작품에 대한 사유 방식을 함양하는 것이다.

4) 학제간 협동교육

최근 많은 대학에서 학제간 협동과정으로 공연예술학과가 생기고 있다.[29] 이는 공연예술이 장르의 융합을 전제한 것 뿐만 아니라 타분야와 깊은 관계를 맺고 있는 것을 의미하며, 또한 최근의 학문 경향을 나타내는 것이기도 하다.[30] 특히 공연예술 분야는 최근 문화산업화 시대를 맞이하여 경영, 마케팅, 홍보의 중요성이 대두되고 있는 상황이며, 그 공연 장르 역시 장르 융합의 형식을 띄고 있으므로 기존 장르에 구속되어 있는 대학 교과 과정으로는 능동적인 대처가 어

---

28) 이동연. 위의 책. pp. 145 - 154
29) 각주1) 참조
30) 이는 최근 학문에서 '경계를 넘나드는 사람(boundary crosser)'을 필요로 한다는 점에서 비롯된다. 서울대학교의 은하도시 프로젝트, 중앙대의 첨단영상대학원, 성균관대학교의 공연예술학과와 인지과학 등 국내 대학 뿐만 아니라, 동경대학교의 표상문화론, 문화자원학, 미국 카네기 멜론 대학교의 오락기술센터 등이 그것이다. 특히 카네기 멜론 대학교는 미술대학과 컴퓨터 공학대학을 합친 것으로서 컴퓨터 공학, 경영, 연극, 디자인 등의 협동과정이다.

려운 상황이다. 때문에 현장 적응이라는 실용적인 측면에 있어서도 학제간 협동교육이 절대 필요한 상황이다.

그럼에도 불구하고 기존 대학의 공연예술교육은 해당 장르의 실기 중심 교육에 매달리고 있는 실정이며, 심지어는 해당 학과 내에서도 전공별 이동을 불가능하게 운영하기도 한다. 특히 무용의 경우, 한국무용/현대무용/발레라는 3분야의 고착화는 무용 인력의 기형적인 발전을 유도한 측면이 있다. 또한 전문 무용수 외에 학교교육이나 사회교육 현장에서 활용할 수 있는 안목을 제공하는 데에도 소홀히 한 측면이 있다.

이에 이제 공연예술교육은 해당 장르에 국한된 협소한 교과목 운영보다는 인접 예술과 인문학, 예술치료와 심리학, 심지어 사회과학과도 그 협동체계를 구축하여, 공연예술을 매개로 한 다양한 활동이 가능한 예술인력을 배출하는 교육체계가 필요하게 되었다. 이를 위하여 현실적으로 순수 공연예술학과라는 단일체제보다는 다양한 학과가 협동하는 학제 간 협동교육이 바람직하다.

Ⅳ. 결론

이상에서 보듯 우리나라 대학의 공연예술교육은 두드러진 몇 가지 특징이 있고, 또 그로 인한 문제점이 있다. 연극과 무용 모두 실기 중심이라는 특징 있고, 무용의 경우에는 해당 전공 내에서도 3분야(한국무용, 현대무용, 발레)의 분리가 현격하다는 점이다. 이러한 결과로 초·중·고등학교의 연극과 무용 과목 역시 교육효과를 고려하기보다 연극과 무용 그 자체를 교육하는 방식으로 커리큘럼이 구성되어 있다.

이러한 문제를 해결하고, 나아가 보다 사회 적응도가 높은 연극 및 무용 인력을 배출하기 위해서는 첫째, 인문학 전통의 토대를 마련해야 하고, 둘째, 대학의 전공과목에서 교육연극과 교육무용 과목을 수용해야 하며, 셋째, 장르 간 융합교육과 넷째, 학제 간 협동교육이 활성화되어야 한다.

이와 같은 네 개의 제안은 각기 다른 내용이면서도 일맥 상통하는 점이 있다. 그것은 인문학 전통의 토대 복원은 학제 간 융합교육과 관련이 있으며, 교육연극과 교육무용의 교과목 수용 역시 인문학 전통의 토대 복원과 학제 간 협동교육과 관련이 있다. 또한 장르 간 융합교육을 전제로 하고 있다.

결론적으로 이제 공연예술교육은 연극이나 무용이라는 개별의 장르에 갇혀있는 것이 아닌, 인접학문과 교류하며 자신의 '개별적 특성'을 파악하는 것이며, 또 그것을 바탕으로 공연예술이라는 '공통된 토대'를 이해하는 방향으로 나아가야 한다.

희곡 창작에 있어 '극적(dramatic)'
이라는 개념의 이해

1.

　현재 문예창작학과가 전국에 걸쳐 약 80여 개의 대학이 있다. 이 모든 문예창작학과에서는 시와 소설 뿐만 아니라, 희곡 창작을 전공의 한 과정으로 삼아 교육하고 있다. 특히 희곡은 인접장르라고 할 수 있는, 영화, TV... 등 영상 관련 분야에 대한 관심도가 증가하면서, 그 기본이라 할 수 있는 '대본쓰기' 혹은 '희곡쓰기'에 대한 관심이 폭증하고 있다.

　그러나 대부분의 관련 분야 교육자들이 지적하듯이, 학생들이 희곡에 대한 기본적인 이해[1] 뿐만 아니라 본질적인 측면, 즉 희곡을 공연을 전제로 하는 극문학이라는 점을 본질적인 측면[2]을 이해하지 못하고 있다. 즉 희곡의 외형적인 특징(대사와 지문으로 이루어진 문학

형태)만을 흉내낸 이야기 혹은 소설을 쓰는 것이 현재의 실정이다.

이는 희곡이 연극의 대본이면서도 독자적인 문학성을 갖는 문자문학이라는 '이중성'에 대한 철저한 이해가 부족하기 때문에 빚어지는 결과이다. 특히 연극의 대본으로서 연극성을 확보하는 것이야말로 희곡으로서 그 기본적인 기준을 확보하는 것이라고 보았을 때, 희곡 창작을 가르치거나 배우는 학생들이 연극성을 이해하는 것은 그 무엇보다 중요한 일이다.

그러나 '연극성'이라는 의미 역시 너무나 광범위하다. 상연을 전제로 한다는 공간적 시간적 한계성을 염두에 두는 '무대화 가능성'의 개념으로부터 연기와 연출을 염두에 두는 '연극적 상상력'의 범위까지 확대될 수 있다. 그러므로 본고에서는 희곡이 다른 문학 장르

---

1) 이러한 지적은 현장에서 희곡 창작을 가르치고 있는 많은 교육자들에 의하여 지적되었다. 다음은 그 중 일부다.
   "희곡 교육은 적어도 희곡이 문학의 주류가 되지 못한 시대의 학생들, 즉 희곡 읽기와 관극 체험이 절대적으로 부족한 학생들을 대상으로 방법이 개발되고 적용되어야 한다."
   홍창수, 「희곡 창작 방법의 기초 문제」, 제5회 문예창작학회 세미나 자료집, 2003. 11
   "희곡 창작을 강의할 때 제일 먼저 부딪치는 어려움은 학생들에게 희곡이라는 장르가 시나 소설과는 달리 생소하고, 희곡 독서 경험이 부족하다는 사실이다."
   김성희, 「희곡 창작 교육의 방법론과 실제」, 제4회 문예창작학회 세미나 자료집, 2003. 4
2) 이러한 상황에 대한 이윤택은 그의 저서 『이윤택의 극작 실습』에서 다음과 같이 기술하고 있다.
   "신춘문예를 심사하거나 학생 작품을 대하면서 많은 습작자들이 바로 이 극적이란 개념을 이해하지 못하고 극작을 하고 있지 않는가 반문하게 된다. 일상 속의 신변잡기 같은 삶 속에서 저 혼자 고민하고 사변을 늘어놓다가 분명한 극적 행위 없이 끝나 버리기 일쑤이다. 이건 에세이지 희곡이 아니다." 평민사, P 4

와 차별화되는 기본적인 개념, 즉 '극적(dramatic)' 혹은 '극적 상황
(dramatic situation)'에 한정하여 고찰해보고자 한다.

2.

   희곡의 장르적 특징을 이해하기 위하여, 우리는 문학에 있어 장르
론을 이해할 필요가 있다. 전통적으로 문학의 갈래로는 3분법(서정,
서사, 극)이 일반적이다.[3] 그러나 최근에는 수필과 일기 등의 장르를
아우르는 4분법(서정, 서사, 극, 교술)을 주장하기도 한다.[4]
   3분법을 따르든 4분법을 따르든, 장르론에서 극문학에 대한 성격
규정에는 큰 차이를 보이지 않는다. 그것을 개략적으로 요약하면 다

---

3) 문학의 갈래로는 아리스토텔레스의 3분법(서정시, 서사시, 극시)이 기본적인 분류였다. 그
   러나 이러한 갈래는 산문 시대 이전의 분류로서 기본적으로 2분법(운문, 산문)을 적용시
   켰을 경우, 모두 운문에 해당한다. 이에 헤겔은 새로운 방식의 3분법(서정문학, 서사문학,
   극문학)을 제시하였고, 이러한 분류를 받아들인 슈타이거에 의해 3분법이 정형화되었다.
   이 둘의 분류의 기본적인 개념은 주관적인 진술은 서정, 객관적인 진술은 서사, 그리고
   서정과 서사가 변증법적으로 통합된 형식을 가르켜 극이라고 하였으며, 극이야말로 문학
   의 가장 뛰어난 문학 양식이라고 주장하였다.
4) 4분법은 헤르나디(Hernadi)에 의해 주장되었고, 우리 나라의 경우 조동일 교수가 판소리
   와 가사의 장르 개념을 분석하면서 교술의 영역을 주장하며 4분법을 주장한 이래, 많은
   학자들이 이와 같은 4분법을 따르고 있다. (조동일, 『한국 소설의 이론』, 지식산업사, pp
   66-136 참조)
5) 희곡을 습작하는 학생 문학도들이 자주 듣는 말이 왜 소설을 쓰느냐? 하는 힐난일 것이
   다. 자신은 희곡을 쓴답시고 써서 제출하는데 왜 소설을 쓰고 있느냐는 반응을 받을 때,
   그럼 도대체 희곡이란 무엇인가, 어떤 구성적 특성 때문에 소설과 구별되는가 반문할 것
   이다. - 이윤택, 『이윤택의 극작 실습』, 평민사, 1998, p39 -

음과 같다. 극은 작품의 외적 자아(작가)의 개입이 없는 상황에서 자아(주인공 혹은 작품의 주동적 인물)와 세계(주인공의 환경 혹은 반동적 인물)간의 대결을 다룬다는 것이다.

이와 같은 요약은 상당히 중요한 암시를 주는데, 흔히 희곡 창작의 초기 단계에서 범하기 쉬운 실수 중의 하나가 대사 형식의 소설쓰기[5]라는 점에 대한 분명한 이해의 단초를 제공한다. 즉 서사가 작품의 외적 자아(작가)가 적극 개입하는 장르인데 반하여 극은 그렇지 않다는 것이다. 이와 같은 예를 다음의 예문을 통하여 확인할 수 있다.

미애   그렇지만 그런 것도 사랑의 또 다른 모습이라 생
         각해. 배신이라 생각하기 전에 나를 떠난 사람들
         도 날 사랑하기 때문에 가장 아름답게 기억될 때
         떠난 거라 생각해. 사랑한다면 더 이상 상처로 기
         억되고 싶지 않으니까. 그래서 평생을 소중한 사
         랑의 추억 하나를 붙잡고 사는 거지. 그건 또 유
         일한 내 삶의 낙이고.

지수   (허탈한 웃음) 참, 웃긴다. 사랑이 그렇게 추억만
         남기는 걸까? (미애의 양어깨를 잡고 흔들며) 날
         한번 봐. 똑똑히 보라고.

미애   (겁먹은 얼굴로) 지수야.

지수   언니가 그렇게 아름답게만 여기던 사랑의 결과물

이 이렇게 고통 속에서 몸부림치고 있는데 그런
건 눈에 안 보여? 오히려 돌아가신 엄마가 내게
남기고 떠나신 게 그런 게 바로 사랑이야. 희생을
감수하는 그런 사랑 말야.

미애   지수야, 나도 엄마 못지 않게 널 사랑해. 기른 정
도 정이지만 낳은 정도 무시 못한다. 지수, 널 엄
마한테다 떼어놓고 와서는 매일 매일이 살아 숨
만 쉬고 있는 거지 난 그때 산 사람이 아니었어.

지수   핑계대지마. 그렇게 무책임하기만 한 게 무슨 사
랑? 언니가 사랑한다던 그 사람을 봐. 나 같은 게
태어나니까 책임지기 싫어서 도망간 것 보면 몰
라? 싸질러 놓기만 할 줄 알지. 책임질 줄 모르면
서 사랑은 무슨 사랑 타령이야?

  -『2003 창작작품집』, 울산대학교 국문과 희곡창작특강
    자료집, 2003. 6 p39 -

위의 작품은 학생 습작품이다. 이야기는 혼혈아인 지수와 그녀의
생모인 미애가 나누는 대화이다. 미애는 흔히 말하는 양공주로서 지
수를 낳았을 뿐만 아니라, 또 다른 미군 마이클의 아기를 가졌다. 미
애의 꿈은 미군과 결혼하여 미국으로 이민가고자 하지만, 그녀와 사
랑을 나누었던 미군들은 미애가 아이를 가졌을 때마다 그녀를 떠났
다. 이러한 미애에게 지수는 환상에서 깨어날 것을 요구한다.

그러나 위 작품의 첫 번째 대사를 꼼꼼하게 읽어보면, 인물로서 미

애가 말하는 것이 아니라, 작가가 미애의 감정과 성격을 설명하는 것에 지나지 않는다. 특히 "사랑한다면 더 이상 상처로 기억되고 싶지 않으니까. 그래서 평생을 소중한 사랑의 추억 하나를 붙잡고 사는 거지."라고 말하는 미애는 연극 속의 인물 미애가 아니다. 작가가 설정한 미애라는 등장인물의 성격이며, 설명이다. "평생을 소중한 사랑 하나"에 의존하면서, 현실에는 전혀 적응력이 없는 여인이라는 점을 설명하고 있는 것이다. 연극은 이와 같은 설명이 필요한 것이 아니라, 평생 추억 하나만을 붙잡고 사는 여인의 행동을 드러내줘야 한다. 그리고 관객은 그 행동을 발견한다. 결코 등장인물에 의하여 설명되는 감정과 상황이 아닌 것이다. 그리고 여기서 행동은 바로 긴장과 갈등을 불러일으키는 극적인 것이어야 하며, 관객은 그 행동의 전과정을 목격하게 되는 객관적인 입장에 서게 된다. 결코 사건 속의 인물이 관객에게 말을 건네거나 설명하지 않는다.[6]

이 점에 있어 다음과 같은 말은 매우 의미가 있다.

> "희곡은 대리경험(vicarious experience)이 아니라, 목격된 사건(witnessed event)이다."[7]

---

6) 배우가 관객에게 말을 건네고 설명하는, 이른바 서사극이 서사극이라고 불리는 이유가 바로 이 점이다. 즉 서사(소설)만이 작가가 개입하여 자신의 생각과 입장, 혹은 등장 인물의 감정 따위를 설명하여 준다

7) C. 카아터 콜웰, 이재호·이명섭 역 『문학개론』, 을유문화사, 1980, p 226

3

아리스토텔레스는 연극을 '행동하는 인간의 구현(representation of man in action)'이라고 정의하였으며, 여기서 행동은 인간의 신체적 행동, 사회적 행동, 심리적 행동, 지적 행동, 윤리적 행동을 모두 아우른다.[8] 그러나 중요한 것은 아리스토텔레스가 그러한 행동을 그저 단순히 나열해서는 안되며, 그러한 행동의 결합체인 구성(plot)의 중요성을 대단히 강조했다는 점이다. 그는 연극의 6대 요소, 장경(場景), 성격, 플롯, 언어, 노래, 사상 중에서 가장 중요한 것으로 플롯을 꼽았다.[9]

그가 플롯을 가장 중요하게 꼽은 이유는 연극이 인간 행동의 모방이라 할지라도, 단순 나열이 아닌 극적인 결합에 의하여 최대의 효과, 즉 연민과 공포를 불러일으키는 카타르시스를 얻고자 함이었다. 사건과 사건이 개연성과 필연성에 의하여 구성되는 것이 중요하다는 점을 강조하기 위하여, 그는 여러 장에 걸쳐 플롯에 대하여 논하였

---

8) 정진수, 『연극의 이해』, 집문당, 2000, pp24 - 27
9) "이 여섯 가지 가운데 가장 중요한 것은 사건의 결합, 즉 플롯이다. 비극은 인간을 모방하는 것이 아니라, 인간의 행동과 생활, 행복과 불행을 모방한다. 그리고 행복과 불행은 행동 중에 있으며, 비극의 목적도 행동이지 성질은 아니다. 인간의 성질은 성격에 의하여 결정되지만, 행·불행은 행동에 의하여 결정된다. 그러므로 드라마에 있어서의 행동은 성격을 묘사하기 위한 것이 아니라, 도리어 성격이 행동을 위하여 드라마에 포함되는 것이다. 따라서 사건의 결합, 즉 플롯이 비극의 목적이며, 목적은 모든 것 중에서 가장 중요한 것이다. 또 행동없는 비극은 불가능하겠지만, 성격없는 비극은 가능할 것이다." - 아리스토텔레스, 천병희 역, 『시학』, 삼성출판사, 1984 -

다. 특히 제10장과 11장에 걸쳐 언급하는 '반전(反轉)'과 '발견'은 대단히 시사적이다. 선행 사건의 필연적인 결과물로서 나타나는 반전과 발견은 연극이 얼마나 압축되고 계산되어야 하는 것을 나타낸다. 심지어 실제로 일어났던 사건이라 할지라도 연극이 되기 위해서는 사건과 사건이 상호간에 인관관계에 의하여 설정되어야 하고, 그 결과로 사건의 흐름이 반전되거나 발견되어야 한다. 우리는 이러한 상황을 가리켜 흔히 '극적(dramatic)'이라 한다.

결국 극적(dramatic)이라 함은 철저히 짜여진 플롯에 의하여 생성되는 한 순간의 짜릿함이며, 그러한 상황을 통하여 관객은 카타르시스를 느끼게 된다. 그러한 극적인 상황은 행동에서 나오고, 그 행동은 플롯에 의하여 짜여진다. 아리스토텔레스가 비극을 '행동의 형식을 통한 행동의 모방(the imitation of an action in the form of action)'이라고 정의한 것도, 바로 극적인 상황을 전제한 것이다. 결코 우발적이거나 돌연히 발생된 상황을 극적이라고 하지 않는다. 또한 특정 자극적인 사건만을 가리켜 극적이라고도 하지 않는다.[10]

10) "무엇인가 획기적인 사건만을 '극적'인 것으로 한정지으려는 경향을 지니고 있다. 그렇기 때문에 '극적'이라고 하면 무인도에 표류한 수녀와 병사나 탄광에 갇힌 광부들과 같은 무엇인가 자극적인 사건만을 연상하게 되는 것이다. 물론 이와 같은 사건이 극적인 것일 수도 있지만, 중요한 것은 그렇게 겉으로 드러난 충격적인 면에 '극적'인 것이 놓여 있는 것이 아니라, 사건 전개의 이면에 담겨 있는 내면적인 긴장 요인이 더욱 중요한 극적 요건이라는 점이다." - 양승국, 『희곡의 이해』, 연극과 인간, 2000, pp 53 - 54 -

극시(연극)를 주관적인 서정(시)와 객관적인 서사(소설)의 결합체로 파악하였으며, 그러기에 예술의 최고 경지라고 주장했던 헤겔의 경우에도 극의 내면 원리로 "외부와의 대립과 투쟁"[11]을 제시했다. 개인적이든 집단이든 연극에는 행동하는 자가 있고, 그에 대립하는 반대자가 있어, 이들의 변증법적 투쟁 과정이 연극이라고 주장하였다. 동시에 그는 시의 주관성과 서사의 객관성이 변증법적으로 결합한 형태가 연극이며, 그리하여 역사적으로나 가치적으로 연극이야말로 최고 예술의 단계라고 주장하였다.

아리스토텔레스와 헤겔의 논의를 바탕으로 '극적(dramatic)'이라는 개념을 유추하면, 결국 다음과 같다. 연극에서 극적이라 함은, 치밀하게 짜여진 플롯을 바탕으로 두 개의 반대하는 행동이 충돌하고 갈등하는 모습이며, 이는 필연적인 인관관계에 의하여 반전과 발견의 과정을 거쳐 최종 결말에 도달하는 과정이기도 하다.

---

11) G. W. F 헤겔, 최동호 역, 『헤겔시학』, 열음사, 1987, pp 208 - 213

4

또 다른 측면에서 '극적'이라는 개념에 접근해보자. 위에서 언급한 '작가의 부재'나 '플롯을 바탕으로 하는 갈등과 투쟁'은 연극의 근본적인 특성이지만, 원초적인 태생을 의미하는 것은 아니다. 극이 극적으로 짜여져야 하는 이유는 또 다른 측면에서 찾아야 한다. 즉 희곡이 상연을 전제로 하는 문학작품이라고 봤을 때, '상연'이라는 전제조건은 장소와 시간을 의미한다. 장소와 시간을 의미한다는 것은 연극이 살아있는 예술로서 장점이기도 하지만, 동시에 제한된 공간과 시간이라는 절대 필요성을 의미하기도 한다. 이는 곧 시나 소설과는 달리 한정된 시간과 공간에서 관객들을 납득시켜야 한다는 것을 의미하며, 그러기 위해서는 가장 효율적이고 치밀하게 재구성되어야 한다는 것을 의미하기도 한다.

결국 제한된 시간과 장소에서 사건을 가장 현실적이며 진실되게 묘사해야 한다는 조건은 전체적으로 ①긴장감의 고조 ②위기의 재현과 반전 ③갈등심리와 행위가 결집되어야 한다. 이 세 가지 요소가 바로 극을 만들고 이 극의 상태를 극적 상황으로 본다.[12]

---

12) 오학영, 『희곡론』, 고려원, 1981, p43

결국 희곡은 '제한 속에서의 효과'를 높이기 위하여 함축, 긴장, 상징을 가속화시킨다는 것을 알 수 있는데, 그 가속화의 도구가 '극적'이라는 개념인 셈이다. 결말을 향해 치닫는 힘이 바로 연극의 힘이라고 보았을 때, 극적인 구성은 관객들로 하여금 한정된 공간과 시간이 주는 구속감으로부터 해방시켜준다. 이러한 이유로 '극적'이라는 개념은 연극의 절대적 특성이면서, 동시에 연극이라는 장르가 탄생할 때부터 존재하기 위한 절대 필요성인 셈이다.

5

다시 처음으로 돌아가자. 수많은 희곡 창작 습작자들이 범하고 있는 최고의 오류는 희곡의 본질적인 특성, '극적(dramatic)'이라는 개념을 이해하지 못하는 데에서 비롯된다. 예를 들어 긴 인용문이지만 다음과 같은 설정을 통해 알아보자.

> 샐리라는 28세의 건강한 올림픽 스키 선수가 빨간 불에
> 길을 건너다가 차에 치였다.

매우 안 된 이야기지만 이것은 뉴스 기사이지 극적인 이야기가 아니다. 그러나 이런 식으로 보면 달라진다.

도입부 : 샐리하는 28세의 올림픽 스키 선수가 교통사고
　　　　로 병원에 옮겨진다. 그녀는 다리를 움직일 수 없
　　　　다. 의사들은 다리가 마비되었다고 진단한다.

중간부 : 샐리는 다리가 마비되었다는 사실을 받아들이지
　　　　않는다. 그녀는 감각을 되찾기 위해 치료를 받으
　　　　며 부지런히 운동한다. 그녀의 부모조차 그녀가
　　　　부질없는 짓을 하고 있다고 생각한다. 그러나 그
　　　　녀는 포기하지 않고 단 한 줌의 희망이 남아 있
　　　　는 한 회복을 위한 노력을 중단하지 않을 것을
　　　　결심한다.

결말부 : 계속 노력하던 어느 날, 그녀는 발가락 하나에 통
　　　　증을 느끼게 된다. 그녀의 상태는 계속 좋아지고
　　　　주위 사람들은 깜짝 놀란다. 다시 스키를 타는 것
　　　　은 아직도 먼 이야기지만, 그녀는 첫 세 발자국
　　　　을 떼며 단언한다. 그것은 단지 시간 문제일 뿐
　　　　이라고.

　매우 간단하기는 해도, 이것은 극적인 이야기이다. 이 이
야기는 관객을 극적인 갈등과 대면케 한다. 어떤 사건이 주
인공에게 일어난다. 샐리가 다친 것이다. 이 부상은 단순한

---

13) 김영학, 『희곡창작』, 연극과 인간, 2004, pp24 - 25, 재인용

것이 아니라 주인공이 극복해야 하는 대상이다. 이 일에 대한 반응으로 주인공은 무언가를 하게 된다. 이처럼 극적인 이야기에는 구조가 있다. 사건이 가져온 절망적인 상황 속에서 위기의 순간이 있으며, 마침내 그 위기의 순간에서 마지막 노력을 통해 어려움이 극복되는 결과가 있다. 위의 이야기에서 샐리는 마침내 회복하기 시작한다.[13]

위의 인용문은 희곡 창작에서 절대적으로 인식해야 하는 것은 '극적(dramatic)'에 대한 정확하고 명확한 이해를 보여준다. 이를 통하여 희곡은 연극을 위한 대본으로서 그 본연의 가치를 확보하게 된다. 그리고 그 개념은 시와 소설과는 달리, 철저하게 작가의 개입을 금지하고 있다. 어설프게 등장인물의 대사를 통하여 작가의 감정, 사상, 주제를 언급해서는 안 된다. 철저하게 등장인물들이 벌이게 되는 사건과 행동에 맡겨야 한다.

또한 '극적'인 상황은 인위적으로 자극적인 사건의 전개가 아니다. 철저하게 짜여진 인간관계의 결과물로서 행동을 보여야 한다. 또한 그 행동은 반대되는 반대자와의 갈등과 투쟁을 통하여 성숙되고, 반전되고, 발견된다. 연극에 있어, 이와 같은 극적 상황은 충분조건이 아니라 필요조건이다. 시간과 공간의 제약을 받을 수밖에 없는 '상연'이라는 상황을 돌파해나갈 수 있는 절대 도구인 것이다.

결국 극적이라 함은, 치밀하게 짜여진 플롯을 바탕으로 두 개의 반대하는 행동이 충돌하고 갈등하는 모습이며, 이는 필연적인 인간관계에 의하여 반전과 발견의 과정을 거쳐 최종 결말에 도달하는 과정이기도 하다. 동시에 극적이라 함은 '제한 속에서의 효과'를 높이기 위하여 함축, 긴장, 상징을 가속화시키는 극문학의 절대 필요 조건인 것이다.

지역문화정책

- 공연문화도시 조성의 한계와 제언

- 2011과 연계한 〈대구예술제〉 성공 개최 방안

- 지역창작극, 텍스트는 무엇인가?

- 공연예술축제 성공을 위한 운영방안 제언

공연문화도시 조성의 한계와 제언
– 『대구 공연문화도시 조성 기본 구상』 중
공연수요 및 저변확대(안)를 중심으로 –

1. 연구 배경 및 목적

최근 대구시는 대구를 공연문화의 중심도시로 발전시키고자 야심
찬 계획을 수립하고, 이를 달성하기 위한 구체적인 정책을 추진 중에
있다. 이미 2008년 8월에 대구경북연구원에서 1차 연구용역인 『대
구 공연문화도시 조성 기본구상』이 발간되었으며, 구체적인 2차 연
구용역이 2009년 1월 중에 발간될 예정이다. 또한 이를 바탕으로
2009년 2월 중에 공연문화도시 조성 종합계획을 수립하기 위한 용
역(예산 10억원)도 발주할 계획이다. 이와 동시에 대구시는 총예산
475억원을 투입하여 대구문화창작교류센터(2012년 완공)를 건립하
여, 여기를 전진기지로 삼아 "급성장하는 한류 공연문화 콘텐츠의
산업화 기반"을 조성하고 "공연 콘텐츠의 체계적인 제작 시스템 구
축을 통한 선순환 구조"를 확립할 계획을 이미 실천 중에 있다.[1]

대구시는 이러한 계획을 달성하기 위한 세부사업으로 ① 공연예술 기반조성 사업, ② 인력양성 및 창작역량 제고 ③ 공연수요 및 저변 확대 지원이 있다. 이 연구는 이 중 세 번째인 공연수요 및 저변확대 에 관한 기존의 계획에 대한 타당성 여부를 확인하고, 보다 구체적이 고 근본적인 방안을 모색하고자 한다. 아울러 기존의 계획에 덧붙여 보다 새로운 실천방향을 제안하고자 한다. 동시에 뮤지컬과 일부 연 극을 제외한 경제적으로 절대 자립할 수 없는 오페라, 무용, 전통음 악 등의 장르에 대한 정책방향은 어떻게 세워야 할지에 대한 원칙적 제안 등을 담고자 한다.

2. 기존 사업계획에 대한 검토

공연수요 및 저변확대를 위한 구체적인 사업으로는 ① 4대 공연전 문축제 육성 ② 관객 확보 및 공연관람 지원 ③ 공연 연계 관광상품 개발로 되어 있다.

1) 4대공연전문축제 육성에 대한 검토

대구시는 현재 실시 중에 있는 대구국제뮤지컬축제, 대구호러공연

---

1) 대구시 제공 문서, pp. 2- 5 참조. 이 연구를 위하여 기초자료로 제공된 문서로써 자세한 출처 및 근거 불분명. 그러나 이와 같은 내용은 2008년 대구경북연구원이 대구시의 용역 을 받아 수행한 결과물 『대구 공연문화도시 조성 기본구상』에 담겨 있음.

예술축제, 대구국제오페라축제, 대구넌버벌축제(Korea in Motion, Daegu)를 확대 지원하여 "지역 수준의 축제를 벗어나, 국제 수준의 문화행사로 육성하여 타지역 및 국외 관객을 집객"시킴으로써, "'공연문화도시'로서의 브랜드를 창출"하고, 이를 사계절 배치[2]를 통하여 "사계절 내내 공연 축제가 끊이질 않는 도시"로 자리매김하겠다는 계획을 가지고 있다. 이에 대한 사업비를 573억원(국비 287억원, 시비286억 원)을 구상하고 있다.[3]

그러나 현재 실시 중에 있는 위의 4개의 축제 중 넌버벌축제(Korea in Motion Dargu)는 한국관광공사가 주최하는 행사로서 현재 SBS프로덕션이 주관하고 있다. 즉 대구는 장소 제공 외에는 특별한 역할이 없다. 공연하는 단체 혹은 콘텐츠 역시 거의 없다. (2008년 16개 작품 중 1개, 2007년 12개 작품 중 2개) 그나마 참가한 대구지역의 공연은 대구시립극단과 대구시립무용단으로서 이미 정기공연을 했던 작품에 불과했다. 그리고 이 행사는 한국관광공사가 주최하는 행사이므로 언제든지 그 개최 장소를 변경할 가능성도 있다.

여름에 개최하고자 하는 대구국제호러공연예술제는 어떠한가? 대구연극협회가 2004년 대국호러연극제로 시작하여 2007년부터 대구국제호러공연예술제로 명칭이 변경되어 지금에 이르고 있다.

---

2) 뮤지컬(봄), 호러공연(여름), 오페라(가을), 넌버벌(겨울)
3) 대구광역시 · 대구경북개발연구원, 『대구 공연문화도시 조성 기본계획』, 2008, p. 109

2008년의 경우 중앙정부로부터 특별 지원금을 받아 예산규모가 자비 부담을 포함하여 약 2억 원 가까이 되었으나, 2009년의 경우 중앙정부 예산이 확정되지 않아 행사의 컨셉을 지속적으로 유지할 수 있을지 걱정하고 있는 형편이다. 설사 지원이 된다 하더라도 야외에서 실행되는 행사의 특성상, 기본 설비 및 장치 설치에 많은 예산이 소요되는 관계로 현재와 같은 예산 규모로는 제대로 된 행사를 만들 수 없다. 2008년의 경우, '국제'라는 타이틀이 붙은 행사임에도 불구하고 2개국(중국, 일본)의 단체만이 초청되었으며, 그 중 중국 공연단은 기예단이었다.

앞의 두 개의 축제에 비하여 대구국제뮤지컬축제와 대구국제오페라축제는 비교적 안정적인 시스템과 예산을 가지고 지속적으로 추진되고 있는 축제이다. 각각 행사 추진을 위한 상설조직인 조직위원회를 사단법인 형식으로 가지고 있으며, 각각 집행위원장을 중심으로 체계적으로 행사를 기획 및 실행하고 있다. 그러나 두 행사 모두 10억 원 내외의 예산으로 추진되는 관계로 만성적인 예산 부족 현상을 겪고 있으며[4], 그런 까닭에 뮤지컬은 국내 기존 기획자들의 기획공연이 중심을 이루고 있으며, 오페라의 경우에는 해외단체는 형식적

---

4) 국립오페라단과 서울시립오페라단의 오페라 제작 한 편에 10억 원 내외의 예산을 집행하고 있다. 즉 국립오페라단과 서울시립오페라단의 한 편 제작비로 대구국제오페라축제가 개최되고 있는 셈이다.

5) 2008년의 경우, 해외 단체는 소오페라를 공연한 독일팀만 있었음.

이고 국내 단체 중심으로 이뤄지고 있다.[5] 또한 당해 연도 주제를 설정하지 않는 관계로 그 해 공연 가능한 작품 중심으로 축제가 꾸며지는 경향도 있다.

이와 같은 현실을 타파하고 명실공히 대구가 공연문화중심도시가 되기 위하여 파격적인 예산을 확보를 하고, 안정적인 추진 주체의 설립과 운영이 있어야만, 스스로 밝힌 "독창적인 창작 위주의 프린지 개념으로 공연으로 서울과 차별화"를 이룰 수 있고, 나아가 "대구지역을 공연 콘텐츠의 아트마켓의 장으로 육성"이 가능할 것이다.

그러나 현재 오페라의 경우, 조직위가 사실상 일종의 오페라하우스 부서 중 하나처럼 운영되고 있는 상황이라는 점,[6] 뮤지컬의 경우에는 비교적 자율적인 체계를 가지고 있지만 조직위원회 자체 수익구조가 전무한 관계로 대구시 관할 부서의 입장이 그대로 전달될 수밖에 없는 상황이라는 점 등을 고려하면, 향후 대규모의 예산이 확보될 경우 오히려 추진 주체의 전문성이나 책임성 부분에 의문을 제기당할 가능성이 높다.

이와 같은 상황을 대비하기 위해서는 향후 용역에서 사계절 축제의 추진 방식과 주체, 그리고 그들의 전문성과 독립성, 그리고 책임의 범위 등을 명백하게 규정해야 할 것이다. 그리고 각각의 축제 마

---

6) 2008년의 경우, 오페라하우스 관장이 축제 예술감독을 겸임하였으며, 조직위원회에 대한 예산의 지원 및 행정지도가 오페라하우스에 의하여 이루어지고 있다. 또한 오페라하우스 관장이 참가 작품 중 2 개의 작품을 직접 연출하기도 하였다.

케팅을 공동으로 실시되어야 할 것이며, 현재와 같이 제각각 이뤄져서는 그 효과가 반감될 것이다.

그리고 반드시 축제의 기본 계획은 2년 전에 확정되어 최소 1년 이상 타지 혹은 해외에 홍보될 수 있도록 해야 한다. 현재처럼 축제 실시 2 ~ 3개월 전에 기본계획이 확정되어서는 아무런 효과를 거둘 수 없다.

2) 관객 확보 및 공연관람 지원

"관객이 오기 전까지는 완전한 연극이란 없다."라는 말이 있다.[7] 연극에서 가장 기본적인 요소로 꼽는 것이 무대, 배우, 그리고 관객이다. 즉 대본이 없어도, 연출이 없어도, 기타 무대 매커니즘이 없어도 연극은 가능하다. 그러나 관객이 없으면 연극이란 존재하지 않는 것이다. 이와 같은 원리는 연극 이외 모든 공연예술에도 적용된다. 때문에 대구가 공연문화중심도시가 되기 위해서는 당연히 공연문화를 즐기는 관객들이 있어야 한다. 그러나 전세계적으로 감소하고 있는 순수공연예술 관객(대중공연예술 예외)들을 생각하면 문제가 그리 만만치 않다.

일단 대구시의 『대구 공연문화도시 조성 기본계획』에 의하면 이 문

---

7) 로버트 부르스텐인. (조엔 쉬프 번스타인. 임연철 외 3인 역. 『문화예술마케팅』. 커뮤니케이션북스. 2008. p. 30에서 재인용)

제를 해결하기 위한 구체적인 사업으로 ① 학교 공연예술 교육 지원 ② 청소년 저소득층 공연관람 지원 ③ 지역의 공연문화 매거진 및 정보 팸플릿 발행 ④ 지역 공연 현황에 대한 총괄적 데이터 관리 및 홍보 체계 구축 ⑤ 공연관람해설사 제도 운영 등을 제시하고 있다.

그러나 현재 대구의 대다수 고등학교 우수반이 음악 등 예체능 수업시간을 이용하여 국영수 과목에 대한 특별수업을 하고 있는 현실에서 공연예술에 대한 교육이 가능할까. 현재 실시되고 있는 예술강사제도를 살펴보면 당장 답이 나온다. 초등학교 정도에서만 가능할 뿐, 중학교 이상이 되면 거의 불가능하다. 이외 제안된 내용 역시 현재의 문화바우처제도, 관광정보센터, 문화해설사제도 등과 다를 바 없다.

물론 이와 같은 제도가 없는 것보다는 나을 것이다. 분명히 공연예술 관계자들에게 일자리의 기회도 제공하고, 또 시민들이나 외지 관람객들에게 편의를 제공하여 보다 나은 환경에서 공연문화를 즐길 수 있는 도시로 만드는 데 일조를 할 것이다. 그러나 근본적인 질문은 이와 같은 제도를 통해 대구가 전국의 어떤 도시보다 뛰어난 공연문화의 도시, 전국의 어떤 도시보다 많은 공연관람객이 있는 도시가 될 수 있는가, 하는 것이다.

이와 같은 질문에 대한 답이 될만한 시사점으로 몇 가지 사례를 들고자 한다. 조앤 쉐프 번스타인은 『문화예술마케팅』에서 현재와 미래의 공연예술 관객의 특성을 제시하였다.(2008) 그에 의하면 일단 관객의 연령 및 생활주기별 세분화를 권장한다. 그리하여 ① 점차 고령화하는 인구층 ② 독신자층 ③ 젊은 성인층 ④ 10대청소년층 ⑤ 어린이층 ⑥ 가족층 등등에 타겟에 맞은 문화마케팅을 권하고 있다. 또한 성별에 따른 마케팅을 권하면서, 특히 여성 대상 마케팅을 강조하고 있다.[8]

그 다음은 시카고 연극협회의 '플레이 머니(play money)'와 같은 제도이다. 쉽게 설명하자면 연극상품권이다. 이를 대구공연상품권제도로 바꾸는 것이다. 또 대구시민을 대상으로 하는 각종 티켓제도를 활성화하는 방법이다. 정기예약회원제도, 미니시리즈제도, 플렉스 플랜(Flex Plan), 멤버쉽 제도, 단체 판매제도 등이다. 이 중 일부 제도가 변형된 형태로 사용되기도 하지만 총괄적으로 관리 운영하는 시스템을 구축할 필요가 있다. 그리고 최근 공연관람객의 특성 중 싱글 구매자들이 늘어나는 것이 세계적인 추세에 있다. 이들의 특성은 공연에 대한 충성도가 높고 재구매율이 높다는 것이다. 이와 같은 현

---

8) 조앤 쉐프가 소개한 조프리 발레단의 경우, 60%가 여성 관객이며 40%의 남성 관객조차 여성들에 의하여 끌려온 관객이라는 것이다. 정확한 통계를 발견하지는 못하였지만, 우리 나라의 경우도 이와 다를 바 없다는 것이 현장의 생각이다.

9) 미국에서 5년 주기로 실시되는 공공예술참여도조사(SPPA : Survey of Public Participation in the Arts)를 바탕으로 관객의 수용단계를 연구한 앤드리슨은 관객은 대체로 6단계의 수용과정(무관심–관심–시도–긍정적평가–수용–확신)을 거치는데, 일반적으로 무관심층이 50% 정도 차지하고 관심은 있지만 관람하지 않는 층이 20% 정도를 차지한다고 하였다. 즉 미국의 경우도 약 70% 정도는 공연관람을 시도조차 하지 않는다는 것이다. 이와 같은 내용을 대구에 접목하였을 때, 대구의 비율은 어느 정도일까? (김주호, 『예술경영』, 김영사, 2002, pp. 119 – 127 참조)

상을 반영한 전략 역시 필요하다.[9]

관객층에서 선도적 관객이 있고 수동적 관객이 있다. 공연문화의
수용 확대는 선도적 관객의 충성도를 올리고, 이어서 수동적 관객을
선도적 관객층으로 바꾸어주는 것이다. 그리고나서 공연 무관심층을
점차 수동적 관객층으로 변화시키는 것이다. 아무리 공짜표를 주고
공연예술교육을 시킨들 공연무관심층이 선도적 관객, 즉 능동적 구
매층으로 하루아침에 바뀌기는 힘들다. 보다 정밀하고 세밀한 단계
별 정책이 필요하다.

3) 공연 연계 관광상품 개발

이와 같은 사업의 기본 전제는 공연을 관람하러 오는 외지 관광객
이 많아질 것이라는 기대어린 희망이다. 더욱이 공연을 관람하러 온
관람객이 대구에서 숙박까지 하면서 관광을 할 것이라는 것이다. 그
렇기 때문에 다음과 같은 구체적인 사업을 제시하고 있다.

① 지역의 차별화된 매력있는 관광상품 개발·판매로 연결 ② 공
연 관람 연계 상품에 대한 인센티브 지원 ③ 공연 관련 축제 시 관광
활성화 적극 추진이다.

이것 역시 하지 않는 것보다는 하는 것이 낫다. 그러나 문제는 과
연 이러한 계획이 차별화된 실효성을 전제로 한 것인가 하는 것이며,
또한 그 모든 것을 총괄할만한 주도적인 추진체계가 마련될 것인가
하는 것이다.

일반적인 공연은 기획사 혹은 제작사의 단독적이며 독립적인 사항이다. 이에 반하여 관광과 관련한 내용들은 여행사 혹은 숙박업체들의 단독적이며 독립적인 사항이다. 레포츠 혹은 쇼핑 역시 마찬가지다. 그런데 누가 나서 이들을 통합한 상품을 개발하고 운영할 수 있을까 의문이 든다. 그리고 대구의 여행사 대부분이 인바운드(inbound)가 아닌 아웃바운드(outbound) 형태가 아닌가. 불가능하다는 것이 아니라, 해결해야 할 전제조건이 까다롭다는 것이다. 더구나 대구의 공연을 관람하러 오는 외지 관객들 대부분이 대구의 인접지역인 구미, 포항, 안동, 울산 등으로써, 이들은 공연 관람이 끝나자마자 되돌아가는 관객들이다. 이러한 상황이 공연문화도시가 된다고 서울, 인천, 대전, 광주, 강릉 등에서 몰려올 수 있을까? 아마 대구의 공연이 이미 서울에서 공연한 이후거나 이전일텐데 그게 과연 가능할까? 또 외국의 걸작이 공연된다고 일본, 중국 등에서 올까? 그 공연이 이미 미국이나 일본에서 공연한 작품들이지나 않을까?[10]

다시 말하자면, 불가능하다는 것이 아니라 해결해야 할 전제조건이 많다는 것이다.

---

10) 그러나 앞에서 언급한 사계절 축제 기간에 적용하면 어느 정도 효과가 있을 것으로 예상된다. 그러나 축제의 규모와 질적인 발전을 전제하기 전에는 이조차 힘들 것이다. 그리고 기획사 혹은 제작사 단독으로 기획 및 제작되는 공연에는 적용하기 거의 어려울 것이다.

3. 공연문화도시를 위한 또 다른 제안

1) 제3섹터 방식의 공연문화도시 마케팅센터 설립

문제의 핵심은 '누가(who)'이다. 결코 '무엇(what)'이 아니다. 그리고 이제는 상품의 품질도 중요하지만 마케팅 역시 중요하다. 최근 영화의 제작비 절반 정도가 마케팅 비용이라는 것이 이를 증명한다. 그러므로 대구가 공연문화도시로 발전하기 위해서는 이를 위하여 많은 것을 준비하여야겠지만, 마케팅에 대한 준비 역시 중요하다. 아무리 좋은 시설과 인력을 양성하고, 좋은 작품이 생산된다 한들 최종 소비자가 선택하지 않으면 소용이 없다. "관객이 오기 전까지는 완전한 연극이 없다"라는 말을 바꾸면 다음과 같이 되지 않을까. "관객이 오기 전까지는 완전한 공연문화도시란 없다."

그리하여 기존 『대구 공연문화도시 조성 기본계획』에서 언급된 수많은 세부계획들, 특히 공연수요와 저변확대를 위해서는 이들을 하나로 묶어 전략적으로 사업을 추진할 마케팅 전담부서가 필요하다. 물론 독립적인 기관으로 설립하는 것이 최고이겠지만, 상황에 따라서 곧 설립하게 될 대구문화재단, 혹은 머지않아 설치하게 될 공연창작스튜디오에 소속되어도 괜찮을 것이다. 문제는 공연문화의 저변확대를 위한 전담부서가 필요하다는 것이다.

2) 사계절 공연축제에 대한 통합 티켓팅 시스템 구축

물론 앞에 제안한 마케팅센터의 역할이 될 수도 있겠지만, 홍보와 마케팅 외에 중요한 것이 최근 인터넷 마케팅의 차원에서 별도의 티켓팅 시스템을 제안한다. 현재 대부분의 공연은 티켓링크, 혹은 인터파크에 의하여 이루어진다. 그런데 대구만의 독특한 공연문화도시를 만들기 위해서는 다음과 같은 이유에서 별도의 티켓팅 시스템이 필요하다.

첫째, 플렉스 플랜(Flex Plan)이 가능해진다. 즉 사람에 따라서 오페라축제나 뮤지컬 축제의 전 공연을 보고 싶은 사람도 있겠지만, 대부분의 일반 관객은 오페라축제에서 1~2개 작품, 뮤지컬축제에서 1~2작품, 그 외 축제에서 또 몇 작품을 보기 원할 것이다. 그러나 현재 할인혜택이 제공되는 통합관람권은 각각의 축제 안에 갇혀있기 때문에 부담이 된다. 그러나 축제 통합 티켓을 구하게 되면 할인된 가격으로 모든 장르의 공연을 골고루 관람할 수 있게 된다. 이와 같은 방식은 연극, 음악, 무용 등의 장르와도 상호 교류할 수 있는 장치가 될 수도 있다.

둘째, 지역민을 위한 세분화된 관객 서비스가 가능해진다. 대구 시민들이 티켓팅 시스템의 회원으로 등록할 경우, 대구시민만을 위한 계층별, 연령별, 성별, 관람횟수별...... 등 다양한 기준에 의한 세분화 전략이 가능해진다. 또한 반대의 경우도 가능하다. 즉 외지 관람객이 대구를 방문하여 관람할 경우, 그에 따른 인센티브를 제공할 수도 있는 것이다. 즉 관광연계상품을 실질적으로 연결해 줄 수 있는 미들웨어가 될 수 있다.

셋째, 처음에는 사계절 공연축제를 중심으로 운영하면서 차차 일반 기획사 혹은 제작사 공연까지 티켓팅이 가능하도록 시스템을 구축함으로써 정책집행의 피드백 효과를 거둘 수 있다. 즉 행정의 예산이 투입된 공연물의 정확한 결과를 파악함으로써 차기 정책의 방향을 가늠할 수 있는 과학적이고 계량적인 데이터를 확보할 수 있다.

3) 순수공연장르에 대한 애호가 그룹 지원

문화상품은 경험재이자 공익재 성격을 띤다. 특히 순수예술의 경우에는 더욱 그렇다. 오페라, 무용, 국악 등의 장르가 시장에서 자유경쟁을 통해 살아남기란 거의 어렵다.[11] 이와 같은 현상은 비단 우리나라 뿐만 아니라 외국의 경우도 별반 다르지 않다. 오페라의 도시라는 이태리 밀라노의 스카라극장도 마찬가지다. 그렇기 때문에 이들에 대한 지원은 국가와 민족의 정체성과 자존심 차원에서 보장되어야 한다.

그러나 예술가에 대한 지원은 각종 문화정책에 의거 진행되고 있기 때문에 여기서는 다루지 않겠다. 다만 '저변확대'라는 측면에서 순수예술을 사랑하고 아끼는 애호가 그룹에 대한 별도의 지원 정책은 반드시 필요하다는 점을 지적하고자 한다. 이는 문화정책의 세계적인 흐름인 '창작자 중심에서 향수자 중심으로'라는 제도적 변화와도 일치하는 셈이다. 그러나 이 연구에서는 그 구체적인 방안과 내용에 대해서는 생략하고자 한다.

---

11) 이와 같은 사실은 문화경제학의 근대적 전환으로 평가받고 있는 보몰과 보웬의 저작 『공연예술, 경제학적 딜레마』(1966)에서 '시장실패'라는 개념으로 이미 제시된 바 있다.

4. 결론

『대구 공연문화도시 조성 기본구상』에서 밝힌 바대로 대구는 서울 다음으로 공연예술의 인프라, 인력 배출, 공연 수요 등의 조건을 갖추고 있다. 또한 교통의 요충지로서 1시간 권역에 많은 중소도시를 가지고 있어서, 천만 명에 가까운 마케팅 인구를 가지고 있다. 이러한 요인으로 하여금, 대구를 공연문화도시로 만들 수 있다는 기대도 가지게 된다.

그 가능성이 없는 것은 아니다. 그러나 문제는 이와 같은 계획을 현실화시키기 위해서는 넘어야 할 산도 많고, 피해야 할 계곡도 많다는 것이다. 그저 단순하게 상식적 정보와 긍정적인 요인 몇 개만을 믿고 대충대충 정책을 추진하다가는 낭패를 보기 십상이다. 예술시장의 세계는 일반 경제시장의 원리와 다르게 작동되는 것이 많고, 또 그 주체들의 작동원리나 심리도 여타 분야와 많이 다르기 때문이다. 흔히 하듯 '경제개발5개년계획'이나 '관광단지개발'과 같은 방식으로는 안 된다.

보다 깊이 살피고, 보다 멀리 보고, 보다 높은 가치관을 가지고 계획을 수립하고 추진해야 할 것이다. 그러기 위해서는 보다 진지하게 현장의 상황을 파악하고, 단기간의 효과가 아닌 장기적인 전망을 가지는 것이 정책을 추진하는 자세가 필요하다.

2011과 연계한 〈대구예술제〉 성공 개최 방안

1. 서론

1962년에 창립된 예총은 명실공히 우리나라 예술인들의 대표기관이자 권익단체이다. 시대에 따라 그 역할과 위상의 변화가 있었지만, 아직까지 대다수의 예술인들이 참여하고 있으므로 그 권위와 대표성을 인정받고 있다. 특히 최근 10년에 비하여 새로운 정치환경의 변화로 인하여 기대하는 바가 크다.

그러나 중앙의 경우, 예술인회관 건립과 관련한 잡음과 무능, 각 단체들의 각개약진, 연구와 정책기능의 부재, 정치적 편향성 등의 요인들로 인하여 점차 존재 의의에 대하여 의문을 던지기도 한다. 이와 마찬가지로 최근 지역에서도 예총의 역할과 기능에 대하여 염려를 하는 목소리가 적지 않다. 더구나 최근 예술활동이 시정부 지원에 의지하는 경향이 높아질수록 더욱 그렇다.

그럼에도 불구하고 대구예총에 기대하는 역할과 기능은 소중하고도 많다. 특히 최근 대구시가 추진하고 있는 대규모 국제행사와 공연 문화도시프로젝트 등과 관련해서는 더욱 그렇다. 모두가 알다시피, 2011년 대구에서 개최되는 세계육상선수권대회는 세계 3대 스포츠 이벤트로서 특히 유럽과 북미지역에서 그 인기가 높다. 세계 최고의 육상스타들이 참가하는 세계육상선수권대회는 스포츠행사이자 마케팅과 문화가 어우러진 대규모 축제로 개최될 전망이다. 그렇기 때문에 이 기회에 대구는 대구의 문화, 대구 예술인들의 예술이 세계인의 눈과 귀로 전달될 수 있도록 노력해야 한다. 이는 경제 분야처럼 문화 분야도 글로벌 시대로 이행하는 시점이라 더욱 그렇다.

이에 대구예총은 2009년을 기하여 대구예총 산하의 각 단체가 모두 참여하는 〈2009대구예술제〉를 준비하고 있다는 점은 환영할만하다. 그 동안 각 산하단체별로 개최하는 예술행사들은 다수 있었지만, 예총이라는 이름하에 각 단체가 참여하는 예술행사는 처음이기 때문이다. 또한 이번의 대구예술제가 2011년을 염두에 두고 연차적으로 발전시켜 대구의 예술세계를 본격적으로 보여주기 위한 실험의 무대로 기획된 점도 환영할만하다.

그러나 이 또한 염려스러운 점도 없지 않다. 예산의 부족은 말할 것도 없고, 행사 내용이 각 단체들의 행사들을 단순히 조합한 것에 불과하다는 점이 그렇다. 주제도 없고 구심점도 없다. 아직까지 최종

계획이 나온 것은 아니지만, 현재의 계획대로 실행한다면 기존의 대구연극제, 대구음악제, 대구무용제 등의 행사를 압축 전개한 것에 불과한 것이 된다.

이에 보다 거시적인 관점에서 대구예총의 위상을 높이고, 대구 예술인들의 진정한 예술세계를 보여주기 위한 참신한 기획과 실행의지, 그리고 대구를 벗어나 세계와 호흡할 수 있는 수준의 시도가 필요한 시점이다. 이에 본고는 현단계 대구 예술계의 상황을 점검하고, 이를 바탕으로 한 대구예술제의 발전 방향에 대한 모색하고자 한다. 아울러 실질적인 예술제 형식과 내용도 제시하고자 한다. 그러나 이 글에서 제시하는 분석과 대안은 일종의 시안 형식일 뿐 절대적인 논거나 근거를 갖지 않고 있으며, 동시에 실현 가능성조차 없을 수도 있다. 즉 지극히 개인적 생각과 제안이라는 점을 분명히 밝힌다.

2. 본론

1) 현단계 대구예술계 분석 및 대안 모색

현단계 대구 예술계는 기회와 위협요인을 동시에 가지고 있다. 대외적인 환경으로는 문화산업 시장의 확대, 활발한 국제교류 등의 기회요인과 더불어 대중문화의 확대, 수도권 중심 문화 생산 및 소비,

〈그림 1〉 대구예술제 상황분석

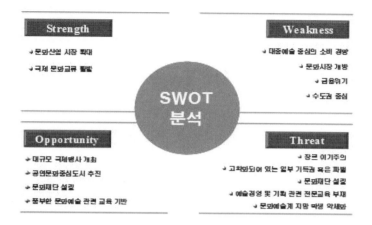

문화시장 개방과 금융 위기 등의 위협요인을 가지고 있다. 또한 대내
적인 환경으로는 대규모 국제행사 개최, 공연문화중심도시 추진, 풍
부한 문화예술 관련 교육 기관 등의 강점요인을 갖는 반면, 장르 이
기주의, 파벌, 예술경영 분야 교육기관 부재, 지역내 예술계 지망 학
생 감소 등의 약점요인을 가지고 있다. 이와 같은 상황을 표로 그리
면 다음과 같다.

　〈그림1〉과 같은 상황을 바탕으로 대구예술계가 전개해야 할 발전
전략으로는 다음과 같은 몇 가지를 생각할 수 있다. 첫째, 기회요인
최대화 전략(S-O전략)으로는 대규모 국제행사와 연계한 대구 대표
문화 콘텐츠 개발, 둘째, 위협요인 극복 전략(S-T전략)으로 순수예
술의 문화산업 연계, 순수예술의 예술경영 기법 도입 등이 있다. 셋
째, 약점 극복 전략(W-O전략)으로는 대규모 국제행사 개최와 연계

한 해외 시장을 염두에 둔 장르 통합형 문화콘텐츠 개발, 넷째, 위험 관리 대책(W-T전략)으로는 대구 예술계의 화합과 단결, 그리고 미래 비전 제시 등이 있을 수 있다.

위와 같은 내용을 압축하면 대구 예술계의 화합과 단결을 기반으로 장르 통합 형식이며 대중문화 지향의 문화 콘텐츠를 개발하여 대구에서 개최되는 대규모 국제행사를 계기로 세계 시장을 향해 마케팅해야 한다는 것이다. 그러기 위해 대구예술제를 최종 콘텐츠 개발을 위한 실험의 장으로 활용하는 것이 필요하다. 2009년은 그 실험의 첫 번째 단추를 꿰는 계기가 되어야 할 것이고, 2010년은 수정하고 보완하는 해로 활용하여야 할 것이다. 그런 다음 2011년에 최종 완성된 콘텐츠를 제시하는 해가 되어야 할 것이다.

2) 2009대구예술제를 위한 제안

위에서 살펴본 것처럼 2009년 대구예술제는 2011년을 염두에 둔 대구 대표 콘텐츠 개발을 위한 예술축제가 되어야 할 것이다. 그러기 위해서는 단순히 각 협회별 행사의 조합이 아닌 예총이라는 이름에 걸맞게 각 단체의 특성이 화학적으로 결합한 행사 기획이 되어야 할 것이다. 이와 같은 기획을 위해서 몇 가지 형식과 내용에 대한 제안을 하고자 한다.

가. 장르 통합형 콘텐츠 개발을 위한 예술축제

바야흐로 포스트모더니즘시대다. 대서사(grand narratives)가 무너지고 소서사(micro narratives)의 시대다. 또한 해체와 재통합을 통한 재편성의 시대다. 기존의 영역과 범주는 그 의미를 잃었다. 또한 고급문화와 대중문화의 경계마저도 무너졌다. 오히려 고급문화가 대중화되고 있다. 순결한 고급문화는 제 자리를 잃고 있는 것이 엄연한 현실이다. 공연은 이벤트화되고 전시는 디자인으로 도시와 생활 속으로 파고들고 있다. 이와 같은 시대에 기존의 장르를 고집한다는 것은 철지난 푸념일지도 모른다. 오히려 적극적으로 시장과 저자거리로 나와 대중과 함께하는 것만이 시대에 부응하는 것인지도 모른다. 특히 개인적인 예술활동이 아닌 다수가 공동으로 추진해야 하는 축제 형식이라면 더욱 그렇다.

그런 의미에서 2009년 대구예술제는 장르를 파괴한 새로운 형식과 내용을 가진 축제 컨셉을 개발하는 것이 올바른 전략일 될 것이다. IT와 정보통신을 연계한 토털 퍼포먼스 형식은 어떨까? 전시와 공연이 인터넷으로 시공간을 초월하여 동시다발적으로 대구 도심에서 전개하는 것도 가능할 것 같다. 혹은 세계적으로 성공한 문화상품의 대부분이 비언어 퍼포먼스임을 감안한다면, 이 기회에 여러 장르가 복합되고, 대중문화와 연합한 비언어 퍼포먼스 축제도 가능할 것이다.

이와 같은 형식의 축제에는 여타 장르를 하나로 통합할 예술감독이 절대적으로 필요하다. 특정 장르들이 각각의 주장을 고집한다면 성공할 수 없다. 서로가 다르지만 하나로 조화를 이루는 작품을 지향해야 한다. 그러기 위해서는 통일된 시각을 가지고 전체를 아우를 수 있는 예술감독의 선정은 중요하다. 그리고 예술감독이 추진함에 있어서는 절대적인 책임과 권한을 보장하여야 한다.

나. 역발상을 적용한 시민예술축제

현대 마케팅에서도 기존 생산자 중심(4P)이 아닌 소비자 중심(4C)이 주목받고 있다. 즉 기존의 상품(Product), 유통(Place), 가격(Price), 판촉(Promotion)이 아니라 고객가치(Customer value), 고객의 부담(Cost of customer), 소통(Communication), 편의성(Convenience)이 바로 그것이다. 과거에는 좋은 상품을 만들어 팔면 된다는 생각에서 이제는 고객들이 원하고 필요로 하는 것이 무엇인가를 먼저 알아야 한다는 것이다. 이와 같은 개념을 〈2009년 대구예술제〉에도 적용할 수 있을 것이다. 기존에는 우리 예술인들이 예술품을 만들어 시민들에게 일방적으로 제공하는 것이라면, 이제는 시민들이 우리 예술가들에게 무엇을 원하고, 또 그들 스스로에게 필요한 것이 무엇인가를 고민하는 것이다.

현대인들은 단순히 상품을 소비하는 것이 아니라, 스스로 생산에 참여하는 프로슈머(prosumer)의 형태를 취하고 있다. 이와 같은 경향은 예술에서도 발견할 수 있다. 즉 과거의 사람들은 예술을 감상하고 즐기는 수동적인 향수자였다. 그러나 최근의 사람들은 자신이 좋아하는 예술품을 직접 만들고, 또 창작과정에 참여하기도 하는 능동적인 향수로 바뀌었다. 그렇기 때문에 그들은 예술인들의 난해한 작품보다는 자신들이 쉽게 이해할 수 있는 대중예술을 선호한다. 이러한 경향이 예술의 수준과 경지를 손상시키는 것이라 경계하기도 하지만 그렇다고 막무가내로 외면할 수도 없다. 또 그들은 오늘날과 같이 정부 지원금으로 예술활동을 영위하는 많은 수의 현대 예술인들의 실제적인 후원자가 아닌가.

이런 관점에서 〈2009년 대구예술제〉는 역발상의 축제도 가능하다. 즉 예술가들에 의한 예술가의 축제가 아닌, 대구시민을 위한 대구시민에 의한 대구시민의 축제로 만들 필요가 있다. 그리고 예술가들은 그들의 축제를 위한 조언자 혹은 조정자 역할을 하는 것이다. 문학에 취미가 있는 시민들에게는 시화전 혹은 시낭송회를, 연극에 관심이 있는 시민들에게는 연극제 혹은 소극장 연극제를, 음악에 특기가 있는 시민들에게는 음악회를 제공하는 것이다. 이 부분에서 시인은 시를 분석하고, 연출가와 배우는 연기와 연출 지도를 도와주고, 음악가는 지휘와 반주를 맡아준다. 이와 같은 협동체제는 축제 시기만이 아니라 상시적으로도 가능하다.

시민들이 주인이 되는 〈2009년 대구시민예술제〉는 축제 그 자체만으로도 충분히 의미가 있으나, 더 넓은 시각으로 보면 대구의 예술

시장을 확대하여 예술인들의 활동 영역을 확대시킬 수 있는 계기가 되기도 한다. 왜냐하면 예술이란 철저하게 경험재에 속하기 때문에 일단 예술을 경험한 자만이 예술을 소비하는 특성을 갖고 있기 때문이다. 그러므로 한번 시낭송을 경험한 시민은 시인의 시를, 연극을 경험한 사람은 연극 관람을, 음악을 경험한 사람은 음악회 관람을 할 가능성이 높고, 또 지속적인 교양확대를 위하여 레슨 형태의 관계 혹은 직접 후원 기능도 수행할 수 있다.

다. 국제화를 전제로 한 문화콘텐츠 축제

WTO는 단순히 경제적인 용어가 아니다. 이제 WTO는 세계 모든 분야의 개방과 장벽없는 교류를 의미한다. 아직 문화와 교육 등 몇 가지 분야가 남아있지만, 이 분야 역시 이미 국경없는 경쟁을 펼치고 있다. 실제로 도하 아젠다(Doha Agenda)는 아직도 유효하고, 머지 않아 거의 모든 분야에서 장벽없는 교류가 이루어질 전망이다. 이는 세계적 뮤지컬 제작자들의 작품이 대륙별로 투어팀을 만들어 세계 곳곳에서 공연되고 있는 현실을 보면 알 수 있다. 캐나다에서 만들어진 태양의 서커스, 영국에서 만들어진 앤드류 로이드 웨버의 뮤지컬 등등이 바로 그것이다. 일본의 사계극단이 국내 시장으로 진출하기 위하여 이런저런 시도를 하고 있는 것도 이러한 흐름에 있는 것이고, 서울의 "난타"라든가 "점프"가 전용관을 마련하고 국내외 공연을 거듭하는 것도 이러한 흐름 속에 있다.

그럼에도 아직 지역에는 이러한 흐름을 꿰뚫는 전략적인 문화상품이 만들어지지 않고 있다. 최근 서울로 진출한 지역의 뮤지컬이 있다고는 하지만, 그 내막을 들여다보면 경제적으로 서글프기 짝이 없다. 그래도 희생을 감내해가면서까지 그와 같은 시도를 한 점은 높이 평가해야 할 것이다. 그러나 언제까지 개인 혼자 이런 노력과 희생을 감내해야 할까? 개인의 명예만을 좇는 행위라면 누가 나설 일이 아니겠지만, 진정에서 우러나 지역의 문화적 자존심을 위한 처절한 노력이라면 이제라도 우리 모두가 짐을 나눠져야 할 때 아닌가?

이러한 관점에서 2009년 대구예술제는 의미가 있다. 개인이라면 할 수 없는 해외 마케팅용 문화콘텐츠를 공동으로 고민하는 장으로 만드는 것이다. 처음은 다양한 주체로부터 아이디어를 모으고, 실험적으로 견본시 형태로 작품들을 만들어보는 것이다. 그러한 아이디어들의 전시 및 공연을 축제로 만드는 것이다. 또 서로 경쟁하고 토론하여 가능성을 찾아보고, 그 가능성을 바탕으로 하여 내년에 보다 완성된 형태의 작품으로 발전시키는 것이다. 그 발전된 형태의 공연 및 전시가 또다시 축제가 되고, 이와 동시에 또다시 새로운 아이디어를 모으는 견본시는 프린지 형태로 축제에 편입시킬 수•있을 것이다. 이와 같은 형태로 축제가 계속된다면, 흔히 말하듯, 축제가 소비적이라는 염려는 사라지게 될 것이다. 그리고 언젠가는 대구를 대표할 수 있는 문화콘텐츠가 만들어질 것이고, 그것은 해외시장에서도 유효한 대구의 문화가 될 수 있을 것이다.

물론 이 과정에 필요한 것은 전문적인 기획과 마케팅 전문가의 도움이다. 현재 대구에는 그와 같은 역할을 수행할만한 전문가가 부재하다. 또 교육 시스템도 없다. 그러나 필요가 발명을 낳듯이 이러한 역할에 대한 절대적 욕구는 필연적으로 교육계의 대응도 불러일으키리라 확신한다.

결과적으로 2009년 대구예술제는 그 시작으로 특별한 결과를 기대하는 축제가 아니라, 몇 년 뒤 혹은 몇 십년 뒤를 내다보는 장기적 과제를 해결하기 위한 과정으로서 축제가 될 것이다. 흔히 하듯 몇 십만 관객이 필요한 것이 아니라 쓸만한 놈 하나, 둘이 만들어지는 축제가 현단계에 요구된다.

2) 성공적인 2009년 대구예술제를 위한 몇 가지 선행조건

가. 예총의 단결

무엇보다 중요한 것은 대구예술인의 단합이다. 현재 예총 산하 각 단체는 단체마다 골 깊은 갈등의 구조를 가지고 있다는 것은 비밀도 아니다. 또한 예총 산하 각각의 단체도 전체를 모으는 목소리보다는 자신의 단체 이익에 지나치게 충실한 경우가 많다. 이는 당연한 일이기도 하지만, 때에 따라 갈등의 요인이 되기도 한다.

어찌 보면 금년에 개최되는 대구예술제는 예총의 특성을 기반으로 한 최초의 행사라고 할 수 있다. 그렇기 때문에 과거와 같이 각 산하

단체에게 일정 금액씩을 떼내주거나 나눠주는 행사가 되어서는 안된다. 오히려 그 모든 단체들의 아이디어를 바탕으로 한 총합적인 행사와 기능 분배가 되는 행사가 되어야 할 것이다. 전시행사 개념이라면 공연 단체가 보조적인 입장에서 공연이벤트를 전개하여 주고, 공연행사 개념이라면 전시 단체들이 디자인이나 장식 등의 역할을 보조해주는 것이 아름다울 것이다.

또한 최근 문화재단 설립과 관련하여 주변화될 가능성에 대해서 크게 염려하여야 할 것이다. 시정부의 문화 관련 행사예산의 집행이 과거 예총 중심으로 전개되었다면, 향후 문화재단을 중심으로 전개될 가능성이 높다. 실제로 예총은 예산 집행과 정산의 당사자로서 관련 행사에 입김을 작용할 수 있었다. 그러나 만약 앞으로 문화재단이 그 역할을 수행할 경우, 예총의 위상은 급격하게 추락할 가능성이 높다.

이 모든 여건을 고려하였을 때, 2009년 대구예술제의 전제 조건으로는 그 어떤 것보다 예총 소속원과 단체의 단결이 중요하다. 정당하고 납득할만한 하나의 목소리를 내는 것이 중요하다. 그러나 기본자세를 확인하고 출발하는 계기로서 2009년 대구예술제가 되어야 한다.

나. 시민들의 호응

예술이 일반 대중과 멀어진 것은 비단 대구만의 문제가 아니다. 20세기 모더니즘이 예술의 자율성을 주요 의제로 하여 발전한 결과이기 때문에 순수예술 전분야가 전세계적으로 겪고 있는 상황이다. 이러한 것의 반성으로 예술은 서서히 자율성과 작가주의를 버리고 대중과 소통하는 방향으로 가고 있다. 대중과의 소통, 이것 역시 포스트모더니즘의 중요한 특성이기도 하다.

이러한 측면에서 〈2009년 대구예술제〉는 과거와 같은 작가주의를 벗어나 대중과 호흡하고 소통하는 예술축제를 지향해야 한다. 더구나, 앞에서도 밝혔듯이, 대중은 이제 단순한 소비자가 아니라 후원자이기 때문에 더욱 그렇다. 예술가 개인의 활동이라면 관계없지만, 공공자금을 바탕으로 하는 예술 활동은 실제적인 후원자인 시민의 절대적인 지지와 동의를 받아야 한다.

이 모든 측면을 고려하였을 때, 〈2009년 대구예술제〉는 철저하게 대중을 염두에 둔 예술축제가 되어야 하며, 이는 앞에서 이미 밝혔듯이 시민들이 주인이 되는 시민예술축제 형식을 갖추는 것도 적극 검토할 필요가 있다.

다. 기획과 마케팅 마인드 도입

이제 예술 역시 상품이라는 점을 도외시할 수 없다. 예술인의 생업 도구라는 점에서도 그렇고, 문화산업의 시대라는 점에서도 더욱 그렇다. 단순히 예술가가 인간과 사회에 대한 탐구이며 철학적 해석만이 아니다. 모든 것이 물화되고 있는 시대적 상황 속에서 예술가들은 이제 자신의 상품(작품)과 역할에 대하여 적극적인 옹호가 필요하다.

그리고 그 옹호의 적극적인 수단이 최근 주목받고 있는 예술경영의 한 분야이기도 하다.

예술경영을 이해하는 첫 단추가 '시장 실패'의 개념이라는 점은 많은 시사점을 준다. 근본적으로 실패할 수밖에 없기 때문에 공공 지원이 필요하다는 결론 외에도 적극적인 경영기법의 도입을 시사한다.

〈2009년 대구예술제〉는 단순히 예술발표의 장이 아니라는 인식이 중요하다. 2009년 대구예술제는 예총의 상품성을 과시하는 기획 홍보의 장으로 삼아야 한다. 그러기 위해서는 지극히 전략적인 접근이 필요한데, 이러한 관점에서 전문적인 기획과 홍보, 그리고 예술제 자체를 마케팅하는 노력이 필요하다. 그러기 위해서는 행사 자체만을 위한 인력구조 뿐만 아니라, 기획과 홍보, 그리고 마케팅 전문가의 참여가 필요하다.

3. 결론

문제는 명확하다. 그리고 답도 명확하다. 남은 것은 실천이다. 문제에 대한 인식은 각각 차이가 있을 수 있으나, 시민을 위한 대중적인 문화 콘텐츠를 소재로 하여 국제적인 안목으로 〈2009년 대구예술제〉가 준비되어야 한다는 점에는 모두가 동의할 것이다. 그리고 2009년은 준비 기간, 2010년은 수정 보완 기간, 그리고 2011년은 완성된 형태로 세계육상선수권대회 기간에 선보여야 한다는 것도 동의할 것이다. 이와 같은 과정이 성공적으로 추진되기 위해서는 대구의 예술인들이 문제의식을 공유하고 목표를 향해 단결해야 한다는 것도 이론의 여지가 없을 것이다.

또한 이와 같은 축제를 진행함에 있어 단순히 예술 작품을 발표하는 것이 아니라, 포장하고, 가꾸고, 드러나게 하는 전문적인 마케팅 과정이 절대 필요하다. 그리고 그 마케팅은 단순히 지역을 상대로 하는 것이 아니라, 전국을 향해 해야 하고 나아가 해외 시장을 염두에 두어야 할 것이다. 이제 예술은 상품이 되어야 하기 때문이다.

이 모든 과정의 중심에 예총이 있다. 아직까지 유효한 지역 예술인들의 대표기관으로서, 그리고 권익단체로서 그 위상을 굳건히 하기 위해서는 그간의 어떤 행사보다 이번 대구예술제가 중요하다. 특히 그 예술제의 컨셉과 테마가 결정되는 금년 예술제는 모든 단체와 예술인들의 뜻과 마음을 모아야 한다. 이 과정에 예총의 슬기롭고 공정한 역할이 기대된다.

지역창작극, 텍스트는 무엇인가?
– 해체와 재해석을 통한 작품성 확보 –

1. 들어가며

우선 용어의 개념을 정리할 필요가 있겠다. '지역창작극'은 서울
이 아닌 지방의 작가에 의하여 창작된 작품을 의미할 수도 있겠고,
굳이 개념을 더욱 좁힌다면 지방의 작가가 자기 지방의 전설이나 역
사적 사건 등을 소재로 쓴 창작극을 의미할 수도 있겠다. 서울 거주
작가가 지방의 전설과 역사적 사건을 소재로 창작한 것은 '지역창작
극'에 포함되지 않을 것 같다. 필자는 후자의 경우로 한정하여 논지
를 펼치고자 한다. 전자의 경우가 더욱 타당할 것이지만 논의를 분명
히 하고자 하기 위함이다.

다음은 '텍스트'의 문제. 흔히 연극에서 텍스트는 희곡 작품 그 자
체를 의미한다. 현대연극이 연출가 중심으로 변화하면서 고전적 의
미의 텍스트의 권위는 상당 부분 위축되었다. 그러면서 동시에 연출

가가 무대 위에서 만들어내는 유무형의 이미지가 더 중요하게 여겨졌다. 그러나 문학, 음악, 미술 등에서 사용되는 텍스트의 의미는 연극의 그것과 약간 다르다. 더욱이 후기구조주의자인 자크 데리다는 텍스트의 의미는 고정되지 않고 차연(deferance)되는 것이므로 오히려 콘텍스트의 중요성을 강조하기도 하였다.

이와 같이 다양한 개념으로 사용되는 '텍스트'라는 용어를, 여기서는 다르게 한정시켜야 할 것 같다. "지역창작극, 텍스트는 무엇인가"라는 주최측의 의도를 곰곰이 생각한 결과, 여기서 '텍스트'는 희곡 그 자체라거나 구조주의식 개념은 아니라는 판단이 들었기 때문이다. 오히려 "지역창작극, 어떻게(혹은 무엇을) 써야 하는가"로 읽혀졌다. 때문에 여기서 나는 '텍스트'라는 용어를 '지역창작극이 나가야 하는 바람직한 창작 모델', 즉 지역창작극이 '지역'이라는 한계 혹은 변방이라는 스스로의 자기 열등감, 혹은 그런 시선을 뛰어넘을 수 있는 방향 모색 정도로 한정하고자 한다.

흔히 세계화를 이야기할 때 지방화를 이야기한다. 그래서 지방화가 세계화이고 세계화는 다름아닌 철저한 지방화라는 것이다. 그것은 국가 경쟁시대에서 도시경쟁시대를 의미하는데, 지방의 도시는 세계화와 경쟁하는 도구로써 자기들만의 특색있는 문화 혹은 상품을 가져야 하는 것을 의미한다.

연극도 마찬가지라는 것이 일반적인 생각인 것 같다. 국가간 문화교류가 증대하고 산업으로서 공연예술이 개방되고 있는 시점에 서울도 아닌 지방의 연극은 외국 혹은 서울의 공연예술을 소비시켜주기 위한 감성교육 혹은 대체재 역할에 머물고 있는 게 현실이다. 그렇기 때문에 지방의 연극도 서울과 경쟁하기 위해서, 또는 외국계 공연물과 경쟁하기 위해서 자신들만의 특색있는 연극(혹은 뮤지컬)을 만들어야 한다는 것이다. 또 가능만 하다면 상업적으로도 성공할 수 있는 여지를 만들어 서울 혹은 외국으로 진출하고자 하는 것이다.

이러한 주장에는 몇 가지 전제가 있다. 즉 서울의 작가나 연출가가 관심을 가지고 있는 형식과 내용을 가지고 경쟁하면 지방의 예술가들이 불리할 것이다. 또 서울의 작가나 연출가는 지방의 특색을 잘 모를 것이다. 또 알더라도 그것을 제대로 만들어낼 수 없을 것이다. 그렇기 때문에 지역의 특색을 반영한 작품을 창작하는 데에는 지역의 예술가들이 유리할 것이다. 즉 유·불리의 관점이 있다.

그러나 과연 그럴까? 예술의 창작과정에 정보량이나 연고가 작품성을 보장할까? 오히려 작품의 소재와 주제에 밀착하는 예술가의 태도가 더 중요한 것 아닐까? 혹은 훈련된 심미안이거나 축적된 상상력이 더 중요한 것 아닐까?

문제는 그것이다. 지역창작극이라고 해서 특별한 예술적 방법과 내용이 있을 수 없다는 것이다. 결국 예술은 예술이고, 연극은 연극일 뿐이다. 그렇기 때문에 서울연극의 텍스트가 따로 있고, 지역연극의 텍스트가 따로 있는 것이 아니다. 정답은 지역창작극을 창작함에 있어 나름대로 왕도를 찾을 것이 아니라 예술의 본질, 혹은 연극의 핵심에 충실해야 한다는 것이다. 서울이든 지역이든 작품의 수준은 있다. 그리고 작품의 수준은 출신을 따지지 않는다. 그 자체 텍스트에 있다.

이러한 관점에서 필자는 지역창작극의 일반적인 경향을 살펴보고, 다음에는 개인적으로 발표한 지역 소재 작품 두 편의 텍스트화 과정을 제시함으로써, 작품성 확보 방안을 찾아보고자 한다.[1]

2. 본론

1) 지역창작극의 일반적인 경향

고마나루전국향토연극축제(이하 고마나루축제라 함)가 있다. 전국연극제와 달리 지역 연극의 활성화를 위하여 "향토성 짙은 연극"만을 초청하여 공연하는 축제이다. 그렇게 함으로써 "토속적이고 향토성 짙은 한국적 연극을 완성"하고, "지역문화 발전과 지역의 인프라 형성"을 지향하는 축제이다. 여기서도 "가장 한국적인 것이 세계적인 것"이라는 흔한 구호가 나온다.[2]

---

1) 필자 본인의 작품을 분석 대상을 삼은 것은 이미 작품성을 확보했다는 것을 의미하는 것이 아니라, 다른 분의 지역창작극에 대하여 공부가 부족하기 때문이다.
2) 축제 홈페이지(http://www.gomanaru.or.kr/) 행사개요 참조

지역창작극의 일반적인 경향을 언급하기 위해서는 지역에서 창작된 작품들에 대한 전반적인 연대표와 이에 대한 정밀한 분석을 전제해야 한다. 그러나 현실적으로 그와 같은 작업을 할 수 없고, 한다고 해도 그 기록과 내용, 그리고 범주의 어려움이 있다. 그렇기 때문에 이 글에서는 지역창작극의 일반적인 경향을 다룸에 있어 지역창작극만을 대상으로 하는 고마나루축제 2008년 출품 작품만을 다루고자 한다. 이는 축제 참가작이 이미 이 글에서 다루고자 하는 지역창작극을 전제로 할 뿐만 아니라, 심사 과정을 통해 선정된 작품이기 때문에 일정 부분 수준을 담보하고 있기 때문이다.

　　2008년 고마나루축제에 공식 초청참가작은 8편이다.(〈표 1〉 참조) 이 중 연극집단 반의 『흐르는 강물에 손을 씻고』는 서울 소재 극단이라는 점과 셰익스피어의 『리어왕』을 차용했다는 점에서 분석대상에서 제외하였다. 반면에 서울에서 활동하는 작가의 작품이 있으나, 이는 서울의 작가가 기 발표된 작품을 공연한 것이 아니라, 지역 극단의 의뢰에 의한 창작인 까닭에 본 분석대상으로 포함시켰다.

〈표 1〉 2008년 고마나루전국향토연극제 공식참가작

작품명	극단(지역 소재)	작가	연출	비고
그 길에서 나를 만나다.	춘천여성문화예술단(강원)	김민정	주애숙	
불매야 불매야	극단 푸른가시(울산)	전우수	전우수	
흐르는 강물에 손을 씻고	연극집단 반(서울)	확인불가	박장렬	은상
천년을 넘어서	극단 젊은무대(충남)	이상희	이상희	
개똥 할매	극단 맥(부산)	이정남	이정남	대상,연출상
오데로 가꼬	극단 미소(경남)	신태범	천영훈	금상
그 바람의 성채	극단 믈뫼(경기)	홍원기	정운봉	
아랑별곡	루른연극마을(광주)	김상유	오성완	

우선 소재의 측면을 살펴보면 다음과 같다. 지역의 전설을 소재로 한 것 1편(『그 길에서 나를 만나다』), 지역의 역사적 사건을 소재로 한 것 2편(『불매야, 불매야』, 『오데로 가꼬』), 그리고 한국문화를 원형으로 삼아 변용시킨 것 3편(『개똥할매』, 『그 바람의 성채』, 『아랑별곡』)이다. 이외 『천 년을 넘어서』는 시대적 배경과 역사적 배경을 뛰어넘은 자유로운 상상력으로 가상의 이야기, 즉 일종의 역사 판타지물이라 할 수 있다.

연극 양식으로는 기본적으로 무대극을 전제로 하는 듯하지만, 내용을 살펴보면 정통 사실주의 연극 형식은 2편(『불매야 불매야』, 『오데로 가꼬』)이고, 극장주의 형식이 가미된 것이 3편(『그 길에서 나를 만나다』, 『천년을 넘어서』, 『그 바람의 성채』)이며, 연회극 형식이 주된 표현 양식으로 된 것은 2편(『개똥 할매』, 『아랑별곡』)으로 분류할 수 있다.

희곡의 구조로 보면 전통적인 플롯 구조(발단-전개-갈등-절정-대단원)를 취하는 듯 하지만, 나름대로 그와 같은 구조를 취한 작품은 3편(『불매야 불매야』, 『오데로 가꼬』, 『그 바람의 성채』)에 불과하고, 나머지 4편은 시공을 넘나든다거나 에피소드의 연결이 '필연적 인과관계'에 의하지 않고 자유롭게 전개되는 등 극장주의, 서사극, 마당극 형식이 두루 섞여 있다.

이와 같은 내용을 정리하면 2008년 고마나루축제를 통해 본 지역 창작극의 일반적인 경향은 한국문화와 지역의 역사적 사건이나 전설 등을 소재로 삼아 정통 사실주의 형식보다는 자유롭게 내용을 전개할 수 있는 극장주의식 경향을 띠며, 희곡의 구조 역시 엄격한 극적 구조보다는 자유롭게 내용을 전개할 수 있는 열린 형식을 많이 취하고 있다. 동시에 대부분의 작품에서 전통놀이나 풍물과 같은 연희양식이 많이 동원되고 있다.

이와 같은 결과가 반드시 전국적인 현상이라고 단언할 어떠한 논리적 근거는 없다. 그러나 전국연극제에서 보이는 창작 초연 작품이라든가 지역 내의 극단 공연을 관람한 경험적인 측면과 얼추 일치한다는 것만은 분명하다.

2) 극작가 최현묵의 작품을 중심으로 한 사례분석

가. 작품 『想華와 尙火』의 경우

작품 『상화와 상화』는 1994년 서울연극제 공식참가작으로 공연된 작품이다. 대구 출신 시인인 이상화의 생애를 다룬 연극으로서 비교적 많은 사람들에게 주목받은 후, 아직까지 여러 지역에서 가끔씩 공연되고 있고, 특히 대학 연극학과에서 자주 공연되고 있는 작품이다.

일단 작품의 소재는 지역의 유명 시인의 일대기에서 취했다. 시인의 간략한 이력은 다음과 같다.

일제강점기에 〈빼앗긴 들에도 봄은 오는가〉와 같은 민족시를 발표하여 민족정신을 드높였다. 본관은 경주. 호는 무량(無量)·상화(尙火 : 또는 想華)·백아(白啞).

아버지 시우(時雨)와 어머니 김신자(金愼子) 사이에서 둘째 아들로 태어나 7세 때 아버지를 여의고 가정 사숙(私塾)에서 큰아버지 일우(一雨)에게 교육을 받았다. 1916년 경성중앙학교에 입학해 1919년 수료하고, 강원도 일대를 방랑했다. 3·1운동이 일어나자 대구학생운동에 참여하고 백기만과 함께 거사하려다 사전에 발각되어 잠시 서울에 피신했다. 1921년 현진건의 추천으로 〈백조〉 동인에 가담했고, 1922년 프랑스 유학을 목적으로 도쿄[東京]로 건너가 아테네 프랑세에서 프랑스 문학을 공부하다 관동대지진으로 귀국했다. 1925년 박영희·김기진 등과 함께 조선 프롤레타리아 예술가동맹(KAPF)에 참여했고, 1927년 대구에 돌아왔으나 여러 번 가택수색을 당했으며 의열단 이종암 사건에 말려들어 구금되기도 했다. 1937년 중국에서 독립운동을 하던 친형인 이상정 장군을 만난 이유로 5개월 정도 옥살이를 했다. 1934년 〈조선일보〉 경상북도총국을 경영했으나 실패하고, 1937년 이후 교남학교에서 영어와 작문을 가르쳤는데, 이때 "피

압박 민족은 주먹이라도 굵어야 한다"고 주장하여 교남학교에 권투부를 신설했다. 1940년 학교를 그만두고 독서와 연구에 몰두하며 〈춘향전〉을 영역하고 〈국문학사〉·〈불란서 시 평석〉 등을 기획했으나 뜻을 이루지 못하고 위암으로 죽었다. 1946년 경상북도 대구 달성공원에 상화시비가 세워졌다. [3]

작가는 기본적으로 시인의 일대기를 따라가는 형식을 취했다. 그러나 단순히 생애 과정을 따라가는 것이 아닌, 자기 내면의 목소리와 끊임없이 갈등하는 존재로서 시인 이상화를 등장시켰고, 그 구체적인 방법으로는 낭만파 시절의 호인 '想華'와 카프 시절의 호인 '尙火'를 무대 위에 동시에 등장시키는 것이었다. 즉 젊은 시절 무대의 주된 인물은 想華이고 내면의 목소리는 尙火이다. 이후 카프 시절 무대 위의 주된 인물은 尙火이고 내면의 목소리는 想華가 되는 것이었다. 즉 낭만파 시절의 인물은 "시는 리듬의 창조라고 했어. 자연스런 감정의 분출이라구. 때문에 시란 그 어떤 관념에도 억압받지 않는 자유, 그 순수하고 아름다운 열정의 순간에 쏟아지는 무지개"라고 외친다. 그러나 카프 시절의 상화는 오히려 시를 "의식을 실현한 '시의 생활화'"가 되기를 꿈꾼다.

그러나 결국 시인은 그 어떤 곳에서도 만족하지 못한다. 그리하여 더 오랜 방황 끝에 시란 순수만도 아닌, 참여만도 아닌, 그 조화 속에

---

3) 다음 검색 사전 http://enc.daum.net/dic100/contents.do?query1=b17a3601b 에서 인용

서 이뤄지는 것이라는 생각을 굳힌다. 결국 想華와 尚火는 화해를 하고 손을 잡는다. 그런 순간, 흔히 말하는 "가장 아름다운 저항시"라는 '빼앗긴 들에도 봄은 오는가' 라는 시를 만들게 된다.

작가는 일대기를 소재로 했으나 흔히 인물을 소재로 하는 작품들이 공통적으로 가지게 되는 신화적 가공이나 영웅적 윤색은 덧붙이지 않았다. 인물은 오히려 작품의 주제를 드러내기 위한 소재에 한정되어 있다. 그럼으로 인해서 관객들이 일대기 연극에서 흔히 느끼게 되는 위화감이나 사실 여부에 대한 궁금함 등이 전혀 생기지 않도록 하였다. 오히려 인물의 삶이 주는 단 하나의 상징성을 찾아내 그것을 보편적 주제로 확산시키고자 한 것이다.[4]

나. 작품 『청천(晴天)』의 경우

작품 『청천』은 2009년 가을 대구시립극단 정기공연에 공연된 작품이다. 이 작품은 대구 인근 지역에 살고 있는 사성 김해 김씨(세칭 우록 김씨)의 시조가 된 김충선의 일화를 소재로 하여 쓰여진 작품이다. 김충선은 임진왜란 당시 조선에 투항한 일본인 무사로써 선조로부터 성과 이름을 받고, 화약과 총포를 만드는 기술을 조선에 알려 큰 전공을 세웠으며 지금 대구 인근 가창면 우록리에 그 세거지가 있으며 서원으로 녹동서원이 있다. 작품은 다음과 같은 일화를 소재로

---

4) 이러한 작가의 시도는 96년 서울연극제에서 발표한 "끽다거"(만해 한용운), 역시 98년 서울연극제 참가 작품인 "윤동주와 헤어져"에 일관적으로 나타나고 있음.

쓰여졌다.

逆适叛 旣伏誅 副將 徐牙之 倭人也 爲适用 驍勇稱飛倭 馳
跟突驟 所至 人無敢前

公 揮釼 一出 擒斬之馘獻 以牙之庄獲及田 賜與酬功 公
疏謝甚力 請付守禦營補軍用

이괄의 난이 끝날 무렵 이괄의 부장인 서아지는 왜인으로
서 이괄이 부리던 자라. 용감무쌍하여 날개달린 왜인이라 불
리는데 날뛰고 몰아치는데 감히 그 앞에 나설 자가 없더라.
이에 공이 나아가 붙잡아 한칼에 베어 목을 바치니라 이에
서아지의 땅을 사패지로 내리거늘 공이 상소를 올려 굳이 사
양하고 그 토지를 수어영의 군용으로 쓰게 하였다.[5]

御營廳啓日 山行砲手十七名 降倭子枝二十五名 自陳上率
來 並置本廳之意,

曾己啓下矣 其將 降倭領將金忠善稱名者 爲人不特膽勇超
人 性亦恭謹 故适亂時

逃命降倭追捕一事 其時本道監司皆委於此人 不勞而能除之
誠爲可嘉

어영청에서 말씀 올리기를, 산행포수 십칠 명과 항왜군인
이십오명을 데려와 본청에 두기로 한 일은 이미 허락받았습
니다. 인솔한 장수는 항왜영장 김충선인데, 그 사람됨이 담
력과 용력이 뛰어나며 성질은 공손하고 근신합니다. 지난번

---

5) 慕夏堂文集 附實記 傳

이괄의 난 당시에 도망가는 항왜를 추격하여 잡는 일을 본도 감사가 맡겼더니 아무런 수고로움이 없이 능히 이를 처치하였습니다. 진실로 가상한 일입니다.[6]

이 작품은 『상화와 상화』와 달리 일대기를 따라가지 않고, 전 생애 중 하나의 일화에 초점을 맞춘다. 즉 항왜 서아지를 생포하여 처치한 일인데, 작가가 주목한 것은 "한 칼에 베어 목을 바치"는 것과 이에 대한 대가로 서아지의 땅을 사패지로 내려줌에도 불구하고 굳이 마다하고 고향으로 내려간 것이다.

같은 일본 출신이면서 반란군과 관군으로 만난 두 사람의 운명, 결국 동족의 머리를 베어 조정에 바치는 운명, 그 대가로 땅을 받았을 때 김충선의 심정 등을 중심으로 하여 인간에게 주어진 운명이라는 것을 생각해보고자 한 것이다. 그러므로 작품은 김충선의 생애를 연대기별로 따라가지도 않을 뿐더러, 서아지와의 사건도 일관된 시간의 흐름을 갖지 않는다. 수많은 곁가지 이야기와 환상 등이 어우러져 삶과 죽음의 혼재, 선택과 비선택, 권력과 비권력, 하늘과 땅.... 등의 이미지를 흑백의 그림처럼 뒤죽박죽 섞어서 보여준다. 그러나 결국 모든 사람들이 죽고, 그리고 맑게 개인 하늘로 상승한다. 그들이 하늘로 상승하기 전 광해군, 선조, 김충선, 서아지 등이 어우러져 목욕을 하며 꽥꽥 소리치는 이괄의 모가지를 가지고 노는 장면은 운명에 구속되지 않는 절대 세상에 대한 소망이다.

---

6) 承政院日記 仁祖6年(1628年) 四月 二十三日條

결국 작품 "청천"은 지역의 역사적 사건을 소재로 했으되 역시 신화적 가공이나 영웅적 윤색은 덧붙이지 않았다. 오히려 인물의 생애 중 하나의 일화를 통해 '운명'이라는 보편적 주제를 드러내고자 하였으며, 동시에 삶과 죽음의 허무함을 다룬다. 작품은 시종일관 어둡게 진행되나 시간이 갈수록 해탈과 탈구속의 경지로 나아가고, 결국에는 맑게 개인 하늘의 이미지로 끝내면서, 그래도 삶은 능히 살만한 것이라는 메시지를 남긴다.

3. 결론 : 소재의 해체와 재해석 통한 작품성 확보

서론에서 밝힌 바 있거니와 작품의 지역성 자체 혹은 지역의 소재 그 자체로 작품성을 인정받을 수는 없다. 의미와 가치는 있겠지만 작품성이 담보되지 않는다면 진정한 의미에서 가치가 확보되었다고 보기 어렵다. 그리고 작품성은 지역성을 벗어나 보편성을 획득했는가 여부에 있으며, 예술의 본질인 인간과 삶, 그리고 사회에 대한 진지한 탐색과 전망의 제시가 있어야 한다. 이러한 의미에서 이제 지역창작극은 지역의 소재 혹은 인물 그 자체에서 벗어나 그 소재나 인물이 가지고 있는 보편적 상징을 제시해야 한다. 그러기 위해서는 지역의 소재와 인물에 대한 내용을 해체하고 그 조각 중 의미있는 하나를 선택하여 재조합하는 것이 필요하다.

리오타드는 모더니즘은 대서사(grand narratives)에 의하여 정당성이 인정되지만 포스트 모더니즘 시대에는 소서사(micro narratives)에 의하여 보장받는다고 하지 않았는가? 거대 담론인 충효예신 따위의 당연한 이야기를 작품의 주제를 삼을 때는 지났다. 누군가 이야기했듯 "사소한 것의 무거운 의미"를 찾아내는 것이 중요하다. 그러기 위해서는 지역의 소재나 인물 등에 덧입혀 있는 대서사의 장식을 벗겨내야 한다. 신화적 가공이나 영웅적 윤색은 더더욱 안 된다. 그런 것에 감동받을 관객은 없다.

그래서 지역창작극, 텍스트는 무엇인가? 라는 질문에 대한 대답은 이렇다. 지역의 작가가 지역의 소재를 가지고 창작하는 태도는 중요하다. 그러나 지나치게 지역에 매몰되지 말자. 작품의 수준은 지역성에 있지 않다. 관객은 작품성에 감동하지 지역성에 감동하지 않는다. 그러기 위해서 과감하게 대서사의 굴레에서 벗어나 소서사의 의미를 찾고, 그것을 중심으로 해체와 재해석을 통한 보편적 상징성을 확보해야 한다.

공연예술축제 성공을 위한 운영방안 제언

– 고마나루 향토연극제를 중심으로 –

1

현재 우리나라 문화정책 측면에서 지원되고 있는 축제는 크게 두 가지가 있다. 관광 측면이 강조되는 문화관광축제가 있고, 공연예술 진흥을 위한 공연예술축제가 그것이다. 이들 축제는 서로 다른 방식 으로 '선정 – 지원 – 평가' 되고 있다. 문화관광축제의 경우, 비교적 그 시스템이 지자체와 중앙정부 사이에 안정적으로 구조화되어 있는 편이다. 그러나 공연예술축제의 경우, 아직까지는 그러한 시스템을 갖추고 있지 못하고 있는 편이다.[1] 예술경영지원센터가 문화부의 의

---

[1] 문화관광축제는 기초 지자체가 광역 지자체에 신청하고, 이들 중 심사를 하여 몇 개를 선 정하여 다시 문화체육관광부로 신청을 하고, 이 신청서를 다시 심사 및 실사평가하여 최 종 지원을 결정하는 것으로 되어 있다. 또한 지원이 결정되더라도 예비축제로 분류하여 실제 행사 결과를 심사한 후, 최종적으로 문화관광축제로 결정하게 된다. 이에 비하여 공 연예술축제는 여타 지방정부의 정책 흐름과 같다. 즉 지방정부 신청을 받아 문화관광부의 타당성 검토만 거치면 된다.

뢰를 받아 일정 기준에 의하여 매년 평가보고서를 발행하고 있을 뿐, 국고지원을 받고 있는 공연예술축제의 선정과 지원에 관련한 절차나 방식 등의 기준과 절차가 명확하지 않다.

이러한 상황이다 보니 현재 각 지역에서 개최되고 있는 공연예술축제의 많은 수가 해당 지역의 관련 분야 몇 사람과 지역의 정치적 이해관계에 의하여 일방적으로 추진되거나 독단적으로 운영되는 경우가 많다. 예술감독제도를 중심으로 살펴보면 서울과 수도권을 제외하고 예술감독이 독자적으로 자신의 권한과 역할을 수행하는 곳이 많지 않다. 유명무실하거나 없는 곳도 많으며, 심지어 행정적인 권한을 장악한 '위원장'이 겸임하는 경우도 허다하다. 이러한 결과로 지역의 공연예술축제에 대한 잡음과 시비가 늘 끝이지 않고 있다. 공연예술축제를 통하여 지역의 공연예술축제 발전을 기대하기는커녕 오히려 지역의 해당 분야 인사들이 양 파벌로 나뉘어 갈등과 반목을 거듭하는 바람에 지역 공연예술 발전에 역행하는 경우까지도 있다.

이제 문화정책 측면에서 정부 지원을 바탕으로 이뤄지는 공연예술축제에 대한 과학적이고 객관적인 운영체계에 대한 연구와 고민이 필요한 시기이다. 이는 단순히 공연예술축제 발전만이 아니라 해당 분야 예술과 예술인의 발전은 물론, 문화향수권이 강조되는 시대에 주인공인 국민들의 문화복지를 제고하는 길이기 때문이다.

이에 본고는 지난 4년간의 공연예술축제 평가보고서를 기본 참고

자료로 삼아 공연예술축제의 성공적인 운영 방안을 모색하고자 한다. 특히 여타 공연예술축제와 기본적인 컨셉을 달리하는 고마나루 향토연극제를 중심으로 문제점과 극복 방안 등을 제시하고자 한다. 그러나 이 연구가 지향하는 바는, 비록 고마나루 향토연극제만을 대상으로 삼았으나, 가능한 전국 공연예술축제의 공통적으로 드러나는 문제점을 중심으로 다룸으로써 우리나라 공연예술축제를 성공적으로 이끌 수 있는 작은 시사점이 되고자 하는 것이다.[2]

2

현재 국고를 지원받고 있는 공연예술축제는 39개(2008년 기준 6,766백만원)이며, 이 중 연극분야는 17개이다. (〈표 1〉 참조) 전국연극제와 서울연극제는 이 범위에 속하지 않고 별도의 행사로 간주된다. 이들 행사는 2004년 시범평가에 이어 2005년부터 본격적으로 평가를 실시하고 있으며, 평가결과에 따라 지원금의 증액 혹은 감액의 환류시스템을 적용하고 있다.

---

2) 평가결과에 따라 하위 3~5개 정도 행사의 지원금 10%를 감액하고, 상위 3~5개 행사 정도에게는 10%를 증액하는 것을 원칙으로 하고 있으며, 감액 조치를 3년 연속으로 받을 경우 지원금 자체를 중단하는 것으로 되어 있다. 그러나 실제에 있어서 3년 연속 감액조치를 받은 행사가 행사 타이틀을 변경하여 지원 신청하여 재차 선정된 경우도 있다.

〈표 1〉 국고지원 연극행사
(문화체육관광부, 「2009공연 예술진흥기본계획」)

연번	행 사 명	지원액 (백만원)	주 최	비고
1	춘천인형극제	99	(재)춘천인형극제, 춘천시	
2	거창국제연극제	99	(사)거창연극제육성진흥회, 거창군	
3	수원화성국제연극제	81	수원화성문화재단	
4	마산국제연극제	50	(사)마산국제연극제진흥회	
5	영호남연극제	35	영호남연극제 조직위원회	
6	양평두물머리세계야외공연축제	100	양평세계야외공연축제집행위원회	
7	아시아 1인극제	50	아시아1인연극협회 한국본부	
8	밀양여름공연예술축제	60	밀양여름공연조직위, 밀양시	
9	아시테지 여름축제	150	(사)국제아동청소년연극협회 한국본부	
10	서울프린지페스티벌	50	서울프린지네트워크	
11	대학로페스티벌 '흥미진진'	240	(사)전국소극장협회	
12	의정부음악극축제	55	의정부예술의전당	
13	포항바다연극제	80	포항바다연극제진흥회, 포항시	
14	부산국제연극제	100	부산국제연극제조직위, 부산시	
15	서울국제공연예술제	900	(사)서울국제공연예술제	
16	고마나루전국향토연극제	140	(사)한국연극협회	
17	청소년연극제	100	(사)한국연극협회, 예술의전당 등	

이중 고마나루전국향토연극제는 2005년 12위(17개 행사), 2006년 15위(17개 행사), 2007년 18위(19개 행사), 2008년 12위(16개 행사)를 차지하여 거의 하위권을 맴돌고 있는 형편이다. 그런 결과로 2005년 2억 원을 지원받았다가, 점차 금액이 삭감되어 현재는 1억 4천만 원을 국고로 지원받고 있다. 평가지표나 시스템, 그리고 평가위원들이 연도에 따라 조금씩 바뀌었지만 고마나루전국향토연극제가 최하위권을 맴돌았다는 것은 분명히 어떤 문제점이 존재하고 있다는 것이며, 이에 대한 근본적인 대책이 요구된다는 것을 의미한다. 이에 평가보고서에 언급된 문제점 중 운영상의 문제점만을 간추려 열거하면 다음과 같다.

1) 운영 조직의 문제

매년 지적되는 문제다. 운영조직이 이원화되어 있고, 또 복잡하여 의사결정 구조가 어떻게 이뤄지며 그 책임과 권한이 어디에 있는지 명확하지 않다.

> "고마나루전국향토연극제의 조직은 서울의 연극협회를 중심으로 한 조직과 충남연극협회를 중심으로 한 조직으로 이원화되어 있음. 그런데 이 두 조직 사이의 역할 분담이 분명하지 않음. 두 조직 모두 전문성은 있으나 이 축제가 한국연극협회의 업무로써 충남지회가 대행하는 것이지 충남지회의 고유 업무를 한국연극협회가 지원하는 것인지에 대한 뚜렷

한 정리가 필요함."(2008 평가보고서. p. 79)

　"조직 운영 부분에서는 주최단체인 한국연극협회와 지역
의 주관단체간 행사 주체의 모호함으로 인한 시스템적 한계
가 드러났으며, 결국 금년에 집행위원회의 역할이 커졌다고
는 하지만 이는 일부 집행위 간부들에게 집중된 것으로 보인
다."(2007 평가보고서. p. 58)

　"축제조직이 집행위원장, 운영위원장, 예술감독, 간사 등
집행체제가 지나치게 방만하고, 명예대회장, 명예위원, 자문
위원 등 위인설과의 느낌이 강하다. 이로 인하여 실질적인
결정 주체가 누구이며 실행주체가 누구인지 명확하지 않다."
(2006 평가보고서. p. 81)

　"방대한 조직 구성의 문제와 내부적인 원활한 커뮤니케이
션의 부재"(2005 평가보고서)

2) 홍보 부족

　이 역시 하위권 평가를 받는 공연예술축제의 공통적인 문제점으로
지적받는 것으로서 고마나루전국향토연극제 역시 마찬가지다. 전국
행사임에도 불구하고 공주를 중심으로 한 충청권역에 한정되어 있으
며, 이것 역시도 부족하다.

　"전국 단위의 홍보가 거의 이루어지지 않고, 올해 새롭게

변경된 공연 장소의 경우 대중교통이 닿지 않는 지역이기 때문에 이에 대한 자세한 홍보가 필요했음에도 적극 홍보되지 않았음.... (중략).... 홈페이지는 개설되어 있으나 팸플릿 수준 이상의 세부적인 내용 등 행사에 대한 정보와 서비스를 찾아보기 어려웠음."(2008 평가보고서. p. 79)

"현장과 접근로에 대한 홍보 및 안내 체계가 미흡했다. 행사장 인근을 제외하고는 배너나 현수막을 거의 볼 수 없었다. .... (중략).... 외부에 적극적으로 알리는 자세가 필요하다. 또한 연극제의 성격과 내용에 대한 가공을 자제서 각종 언론에 연극제의 취지를 알리는 내용적 홍보가 부족하다." (2006 평가보고서. p. 80)

"전국 단위 연극축제임에도 불구하고 홍보와 운영에 소홀한 점이 있었고, 축제의 내용 구성에 비하여 홍보와 운영은 공주의 지역성을 크게 탈피하지 못한 점, 관객들도 대부분 공주지역민들.....(중략).... 충청남도 타 도시를 대상으로 한 홍보도 거의 없었고 또 홍보요원들의 배치도 부족해 행사를 널리 알리는데 취약성을 드러낸 것으로 평가됨."(2005 평가보고서. p. 79)

3) 중 · 장기 계획 혹은 행사 비전 부족

축제나 문화기획에서 목적과 목표는 다르다. 목적이 당위성이나 필요성 등의 추상적 개념이라면 목표는 구체적으로 달성해야 할 계량적 수치다. 때문에 축제나 문화기획에서는 당해연도 성과에 연연하지 않고 매년 달성해야 할 목표를 설정해서 연차적으로 그 목표 달성에 매진하고, 그러한 결과의 누적을 통해 장기적으로 도달해야 할 비전을 제시하는 것이다. 이런 측면에서 본다면 고마나루전국향토연극제는 목적은 인정되나, 자체적으로 달성해야 할 목표가 부재하고 도달해야 할 비전이 부족하다.

　행사 취지와 목적에서 밝힌 "지역의 전래동화, 설화, 그리고 역사 유적 등 유무형의 문화자산을 문화상품 및 관광자원으로 활용하여 지역경제발전을 도모하고, 현재 무분별하게 벌어지고 있는 지역축제 문화를 개선하는 데 큰 기여를 한다"라는 내용은 막연한 기대일 뿐이다. 구체적으로 어떻게 얼마나 유무형의 문화자산을 문화상품 및 관광자원으로 만들 것인지 설계되어 있지 않다. 그리고 그러한 목적 역시 타당성이 있는 선언인지 의구심이 든다.

　　　"중장기 계획을 전제로 한 뚜렷한 발전 단계별 진행 계획과 실천방안 등을 계획서에서 확인하기 어려움. 예를 들어 '한국인의 정체성을 토속적인 소재의 향토연극으로 풀어간다' 는 고마나루전국향토연극제의 사업목적을 적절한 중·장기 계획 없이 달성한다는 것은 힘들다는 것이 중론임." (2008 평가보고서. p. 79)

　　　"단순히 창작에 대한 지원과 경연을 통한 지원과 향토를 표방하고 있지만 실제적으로 그렇지 못한 조직 시스템 등으로 인해 연극제의 목적은 달성되기 어려울 것으로 보인다. 즉, 지역의 시각에서 연극제를 평가하며 개선하고 이를 통해 적절한 목표를 설정하는데 실패하여 연극제가 달성하려는 목적과 실제 행사 내용 간의 차이가 나타나는 것으로 보여진다."(2007 평가보고서. p. 59)

"지역의 소재와 형식을 기본으로 하되, 매년 일정한 주제를 정하고 그에 따른 내용과 형식을 가지고 출품하는 작품들만을 대상으로 하는 심사가 이뤄져야 할 것이다. 매년 주제를 선정할 필요가 있다. 이는 내용과 형식으로 나누어 볼 수 있다.... (이하 생략)...."(2006 평가보고서. p. 81)

4) 축제공간의 문제

형식과 내용의 문제는 뫼비우스의 띠와 같은 것이다. 공연예술축제의 경우도 마찬가지다. 축제의 성공을 이루기 위해서는 축제의 내용도 중요하지만, 그 축제의 내용을 수용할 수 있는 적절한 축제공간이 필요하다. 특히 연극의 경우, 축제공간이 야외인가 실내인가에 따라 그 내용이 전적으로 바뀔 수밖에 없고, 그 추진방식 역시 바뀐다. 그리고 축제장소를 임의로 선택할 수 없다면 주어진 환경에 적합한 연극형식을 중심으로 연극축제를 구성해야 성공을 담보할 수 있다.

고마나루전국향토연극제의 경우, 이와 같은 기본적인 전제를 해결했다고 보기 어렵다. 주어진 환경이 야외임에도 불구하고 실내극 중심으로 공연되었다. 그리고 야외극 형식의 공연이 공연되기는 하였지만 그 공연이 야외 특설무대(실내극 무대를 흉내낸)에서 공연하였기 때문에 철저하게 야외극이 되지도 못하였다. 결과적으로 수준높은 실내극도 아니고, 철저한 야외극도 아닌 어정쩡한 형식의 연극들이 공연되었다고 보는 것이 옳다.

"무엇보다 야외공연으로서 고마나루전국향토연극제의 정체성과 지향성에 대한 치열한 고민이 공연에서 설득력있게 전해지지 않는다는 것이 평가자들의 중론임."(2008 평가보고서 p. 81)

"야외극을 계속 유지할 계획이라면 공연장의 형태와 향토극(가칭) 개발에 심혈을 기울여야 함."(2008 평가보고서 p. 82)

"축제공간 측면에서는 공간이 갖는 개방성과 현장 조응성의 취지는 공감하지만 장르 예술이 갖는 특성이 고려되지 않은 탓에 관객들의 몰입이나 공연자들의 공연에의 몰입 등은 기대하기 어려웠다. 또한 공간을 양분하여 진행하는 것역시 작품의 내용이나 관객의 수준 등을 고려하여 일정한 구분을 했어야 함에도 불구하고 아무런 차이가 없어 공간을 나눈 이유가 불분명하였다. 게다가 같은 시기에 개최된 백제문화제와의 장소적 변별력이 없고 운영상의 미숙함으로 인해 본 연극제가 고유행사인지 백제문화제의 일부 프로그램인지 분별하기 어려운 상황도 발생하였다."(2007 평가보

고서 pp. 58-59)

　　"공연을 관람하기 적절한 환경이 구축되지 못하였
다.....(중략).... 무대 근처에 자리잡은 향토음식점에서 고기
를 굽는 연기가 무대까지 날아와 공연진행과 관람에 적지않
은 악영향을 끼쳤으며, 무대 주변에서 아이들이 뛰어다니는
것도 상당한 방해 요인이었다."(2006 평가보고서 p. 80)

5) 부대행사의 문제

　　축제에서 부대행사는 축제가 가지고 있는 본질적인 특성, 특히 그
풍요로움을 느끼도록 한다. 동시에 주요행사를 보완하거나 연결하는
기능을 가지기도 한다. 영화제에서 유명 배우나 감독과의 대화, 핸드
프린팅 등의 행사가 바로 그것이다. 그러나 부대행사라고 해서 축제
의 본질적 특성과 전혀 관계가 없는 행사들을 마구 열거하는 것은 올
바른 부대행사라 할 수 없다. 마구잡이 행사 구성은 흔히 이야기하는
'백화점식 행사', '비빔밥식 행사'가 되기 때문에 축제의 의미를 퇴
색시킬 수 있다. 특히 공연예술축제에서는 장르가 가지는 고유한 성
격이 대중에게 쉽고 친근하게 전달할 수 있는 다양한 형태의 부대행
사를 구성하여 공연예술축제를 이해하고 즐기는 데 기여해야 한다.
그렇기 때문에 부대행사를 구성할 때는 행사의 성격도 중요하지만
이를 잘 운영할 수 있는 기술적인 방법도 중요하다. 부대행사가 무성
의하게 진행된다거나 충분한 이해가 전제되지 않는다면 본행사에 접

근하고자 하는 일반대중의 발길조차 끊어지게 하는 부작용을 빚기 때문이다.

그럼에도 불구하고 고마나루전국향토연극제에서 부대행사는 그러한 기능을 충분히 수행했는지 의문이 든다. 전혀 관계없는 행사 아이템의 열거가 있었던 때가 있었는가 하면, 또 어느 때는 너무나 부족하여 썰렁할 때가 있었다. 또한 전문성 있는 도우미나 진행요원에 의해 진행되었는지 자문해볼 필요가 있다.

> "경연대회 외에도 적절한 시점에서 세미나나 극단과의 대화 등과 같은 축제 전체에 어떤 지향점과 힘을 실어줄 프로그램이 필요함. 이런 맥락에서 이번 축제의 부대 프로그램은 미흡한 것으로 평가됨. 기악탈전시장에는 도움을 줄 수 있는 어떤 도우미도 없었고, 탁본이나 탈 그리기도 특별한 것이 없었음. 포스터 전시에서 선택된 포스터가 향토연극의 비전에 관련이 있는지, 있다면 어떤 의미인지에 대한 해설이 부족하였음."(2008 평가보고서 p. 80)

> "해외공연 등을 위해 해외기획자의 초청 및 아트마켓, 네트워크를 위한 세미나와 워크숍 등의 개회를 검토하고" (2007 평가보고서 p. 60)

> "(축제의 본행사인 것처럼 배치한 *필자 첨가)러시아 재즈밴드와 남미의 공연은 행사취지와 부합하지 않았다. 사실 이런 이벤트성 프로그램은.... (중략).... 행사 고유의 특성을 흐

리게 하는 부작용이 발생한다."(2006 평가보고서 p. 81)

"외국 초청 작품은 우리가 TV에서 흔히 볼 수 있는 민속 공연단 수준임…. (중략)…. 타 지역 축제 이벤트 프로그램에서 전형적으로 등장하는 프로그램은 과감히 삭제해야 할 것"(2005 평가보고서 P.79)

이 외에 백제문화제와의 관계, 진행 도우미들의 전문성 부족, 예술감독 문제, 조직의 상근화, 교통문제… 등의 문제점 제시와 이에 대한 다양한 형태의 대책이 평가보고서에 제시되었다. 그러나 그 모든 문제들 역시 앞에 열거한 다섯 가지 문제점과 상호 연결되어 있다고 보는 것이 타당할 것이다.

3

고마나루전국향토연극제의 근본적인 취지와 동기는 수긍이 가는 점이 많다. 다소 모호하고 어려운 개념이긴 하지만, 관련 분야 모든 사람들이 열정을 가지고 머리를 모은다면 새로운 형식의 공연예술 축제로 자리잡을 수 있을 것이고, 또 그것이 가져올 상승효과는 클 것이다. 그럼에도 불구하고 지금까지 부진을 면치 못하는 것은 축제에 대한 근본적인 고민이 부족했다는 것을 의미한다. 앞에 거론한 몇 개의 문제점을 개선하고 그에 부합하는 대안을 찾아낸다면 그 어떤 축제보다 의미있는 공연예술축제가 가능할 것이다.

　그러나 한편으로는 위에 열거한 이러한 기술적인 문제만 해결한다고 축제가 성공적으로 이뤄질 것인가 하는 의문이다. 이는 오히려 지엽적인 문제가 아닐까 하는 것이다. 보다 근본적인 문제는 우리가 연극이라는 장르에 대한 자부심과 의무감을 가지고 있는가 하는 것이며, 특히 축제 추진 주체들이 그러한 사명감과 열정을 가지고 있는 것인가 하는 의문이다. 이러한 문제가 해결된다면 사실 위에 열거한 이러한 기술적 문제들은 쉽게 해결될 수 있다. 그러나 그러한 의식이 전제되지 않는다면 아무리 기술적인 문제가 해결된다고 해도 '땜질식 처방'에 지나지 않을 것이다.

　이러한 측면에서 공연예술축제의 가장 훌륭한 성공요인은 이런 것이 아닌가 한다. "문제는 사람이야, 멍청아."

문화예술 교육과
지역문화 정책

2011년 6월 25일 초판 1쇄 인쇄
2011년 7월 1일 초판 1쇄 펴냄

지은이 | 최현묵
펴낸이 | 이철순
디자인 | 손희경

펴낸곳 | 해조음
등 록 | 2003년 5월 20일 제 4-155호
주 소 | 대구광역시 남구 대명2동 1800-6 2층
전 화 | 053-624-5586
팩 스 | 053-624-5587
e-mail | bubryun@hanmail.net

ISBN 978-89-92745-27-7 03800